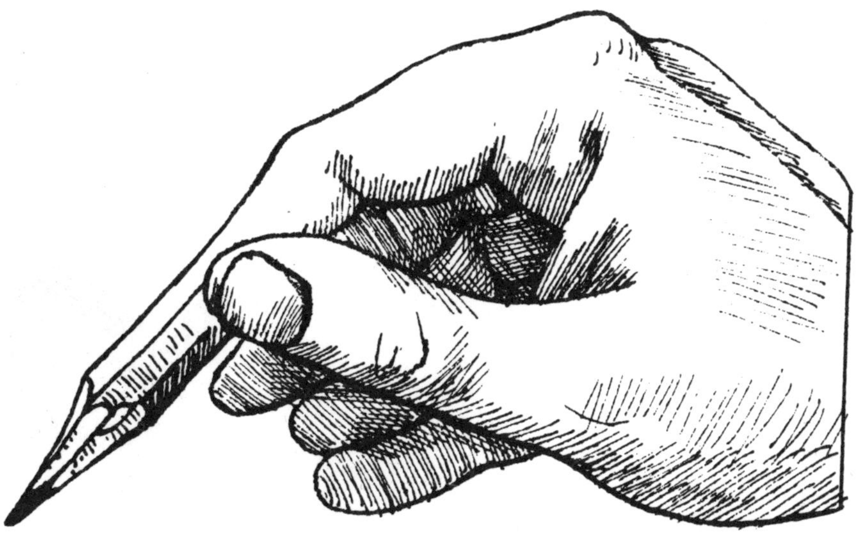

LIMERICKS

Melzer

Originalausgabe
Abi Melzer Verlag
Frühjahr 1980
Herausgegeben von Michael Wagner
mit freundlicher Genehmigung der
Badischen Tabakmanufaktur Roth-Händle, Lahr
Zusammengestellt von Dimut Habel
Illustriert von Dick Jüngling

Gesamtherstellung: Salzer - Ueberreuter, Wien

LIMERICKS

von Roth-
Händle's
„Schwarze
Hand"

Melzer

Die Studienreise nach Limerick hatte rein garnichts eingebracht, wenn man von dem vorzüglichen irischen Lachs absieht, den man am Shannon gern seinen Gästen auftischt. Der war allerdings ein *Gedicht!*

Tatsächlich kann sich heute keiner unserer namhaften Limerick-Forscher einen rechten Reim darauf machen, was diese reizende Stadt gleichen Namens mit den Fünfzeilern zu tun haben soll, die eine weltweite Gemeinde in ihren Köpfen hat. Es wäre vielleicht die Anregung wert, dem dortigen *mayor* die Idee eines *Limerickals,* also einer Art Dichter-Olympiade, die so alle fünf Jahre im angemessenen Stil stattfinden könnte, nahezulegen, um der doch etwas amorph erscheinenden internationalen Limerick-society und ihren forschenden Einzelgängern einen Fixpunkt zu bieten.

Wahrscheinlicher jedoch erscheint, daß die englisch-orthodoxe Schule auch in der Zukunft jenseits ihrer Insel keinen Limerick zur Kenntnis zu nehmen bereit sein wird, daß dieser Tatsache eigentlich aber von keinem der außerbritischen Dichter größere Beachtung geschenkt wird und daß dies alles im übrigen auch so am besten ist.

Der etablierten Limerick-Forschung ist unterdessen zuzutrauen, daß sie, sobald sie den *Harris/Sharpe/Lear*-Komplex erst einmal überwunden hat, in raschen Zügen durch das mittelalterliche Volks-Liedgut zur griechischen Poesie eines Aristophanes stößt, um dann endlich die am Nilufer hieroglyphiert vorgefundenen Fünfzeiler aus dem mittleren Reich in direkter Linie zu den frühesten Zeugnissen menschlicher NonsensDichtung zu bringen: den „Höhlenritzungen" im südlichen Hoggar...

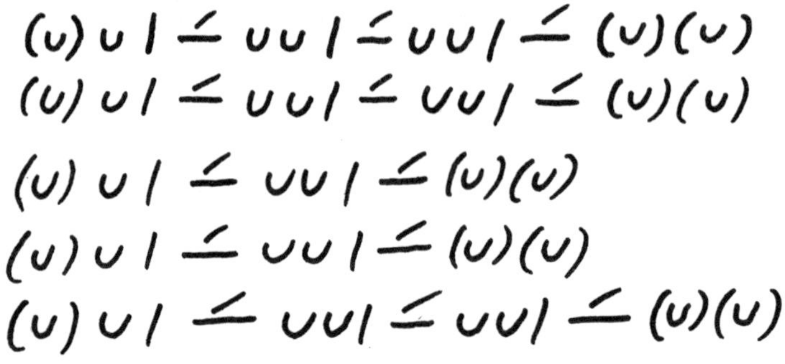

Dieses *Versmaß* beweist, daß der Un-Sinn Methode hat. Der Limerick als Produkt schriftstellerischer Tätigkeit unterscheidet sich grundlegend von allen anderen Gedichten, Schüttelreimen und Knittelversen. In seinem fünfzeiligen Versgebilde unterscheiden sich zwei Versgruppen sehr deutlich voneinander:

Die durch den Reim *a* verbundenen (meist) acht Silben umfassenden Verszeilen 1, 2 und 5 und die (meist) sechssilbigen Zeilen 3 und 4 mit dem Reim *b*.

Beide Versgruppen in diesem *a-a-b-b-a*-Schema unterliegen jedoch dem gleichen rhytmischen Gesetz:
abwechselnd folgen eine betonte und zwei unbetonte Silben aufeinander. Unbetonte Silben stehen stets am Versbeginn, während das Versende in allen fünf Zeilen durch eine betonte Silbe gekennzeichnet ist.

Die zwingende Leitfunktion geht grundsätzlich vom letzten Wort der ersten Zeile aus. Dieses *keyword* löst den Reimzwang a aus und setzt die entscheidenden inhaltlichen Akzente (Ort, Sache, Person).

Diese strengen Grundregeln finden allerdings gerade durch die häufigen Ausnahmen ihre Bestätigung. Bekanntlich nehmen es viele Limerick-Dichter (auch sehr namhafte) mit dem Versmaß nicht immer allzu genau.

Auch in unserer vorliegenden Auswahl haben wir uns eigentlich mehr vom *sense* der Beiträge leiten lassen, als von deren akkurater Regelgenauigkeit. Soweit unser Geständnis...

Der Auswahl selbst liegt eine Sammlung zugrunde, die wohl kaum zu übertreffen ist. Ihre Geschichte:

Als die *Badische Tabakmanufaktur Roth-Händle* die Raucher ihres Tabaks der Marke „Schwarze Hand“ zum Limerick-Wettbewerb aufforderte, rauchten im wahrsten Sinne des Wortes die Köpfe. Binnen weniger Wochen flatterten mehr als *dreißigtausend* Elaborate ins Haus, in den wohlbekannten Waschkörben, versteht sich. Dreißig mal Tausend Limericks von beinahe ebensovielen begeisterten Dichtern. Reinste Volksdichtung in nie erahntem Ausmaß! Ein nahezu nicht mehr zu erfassender Fundus an Gelegenheitsdichtung aus dem eine vielbeschäftigte Jury schließlich sechshundert Verse der Prämierung würdig befand.

Für alle Liebhaber höheren Blödsinns, alle Dichter, Sonntagsdichter und Nichtdichter haben wir in diesem Band dreihundertdreiunddreißig der lesenswertesten Nonsens-Verse zusammengetragen und mit neunundneunzig Zeichnungen aus der spitzfindigen Feder des Heidelberger Künstlers Dick Jüngling unterhaltsam bereichert.

Unser besonderer Dank gehört den frohsinnigen Damen und Herren der *Badischen Tabakmanufaktur Roth-Händle* in Lahr. Sie haben das Ganze erst möglich gemacht. Sie, lieber Leser, werden es kaum für möglich halten, wieviele amüsante und anregende Momente auf Sie warten...

Michael Wagner

Ein steinalter Biber aus Hamburg,
der drehte gar oft und gar gern durch.
In Sankt Pauli bis vier
trank und hurte das Tier,
dann schwamm er besoffen zur Stamm-Burg.

Helmut Ellinger, Tübingen

Ein Fahrgast im D-Zug nach Brighton
begann mit dem Schaffner zu strighton.
Er nannte ihn „Hund“,
und der Schaffner gab kund,
er werde den Dienstweg beschrighton.

Gerhard Lutz, Hamburg

Ein Raucher bot auf dem Watzmann
charmant seiner Frau seinen Platz an,
glitt aus und fiel runter.
Die Frau kraxelt munter
inzwischen mit einem Ersatzmann.

Heinz Heppner, Dietzhölztal

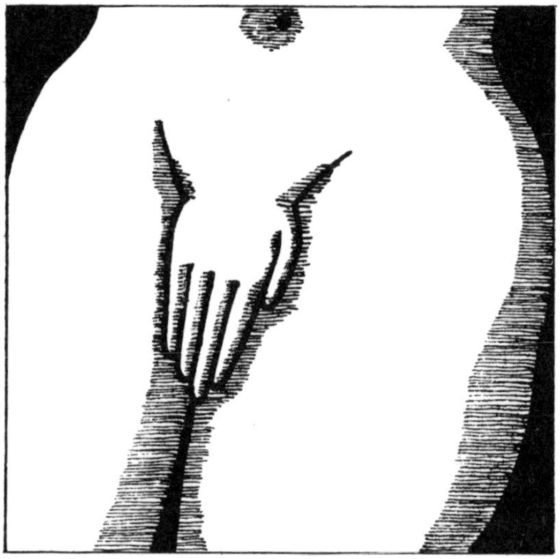

Ein reicher Bankier aus Geesthacht,
der hatte Erfolg bei der Jagd.
Doch was er geschossen,
das liegt jetzt verdrossen
im Krankenhaus auf Zimmer Acht.

Anne Lutz, Hamburg

Ein Steinpilzsammler aus Halde
verlor seine Zähne im Walde.
Da schimpfte er bissig:
Jetzt nehm' ich Pils flüssig
und sammele nicht mehr so balde!

Ursula Jantzen, Berlin

Ein Chinese in Bad Vilbel,
der sorgte für einen ganz tollen Wilbel.
Platin bot er an,
doch man merkte dann:
das Zeug war nichts weiter als Silbel.

Richard Lutz, Hamburg

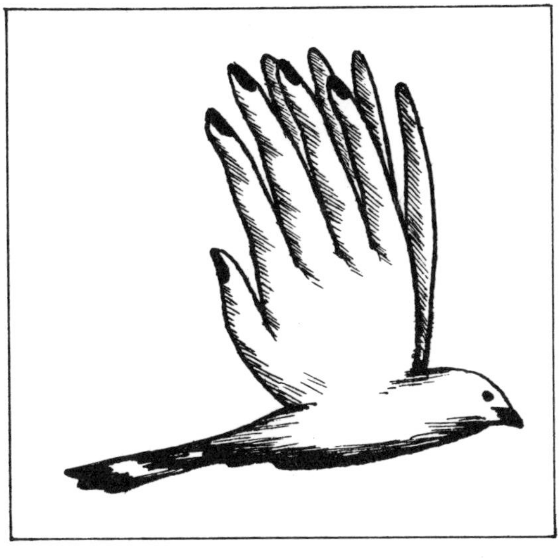

Zwei Anhalter vor Southhampton
im Heu einer Scheune campton.
Die Magd des Bauern
tat lange trauern,
als dann beide nach Houthe trampton.

Jürgen Fischer, Remshalden

Es konnt ein Beamter aus Seesen
vom Schwindel im Kopf nicht genesen.
Er sagte: Verdammt,
da hab' ich im Amt
den Rundbrief zu schnell durchgelesen!

Karl Hemmerich, Albersdorf

Ein Testwagenfahrer aus Kesten,
fährt immer mit Damen zum Testen
und kann genau sagen:
In dem und dem Wagen
mit der und der geht es am besten.

Loni Steuss, Erligheim

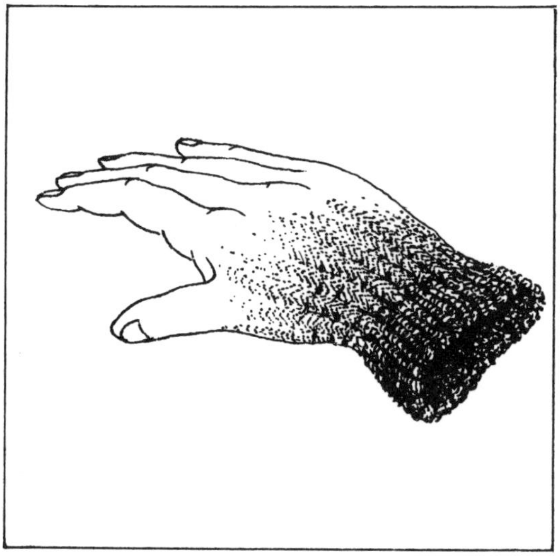

A docker in London called Mike,
Who hurried to work on his bike,
Arrived at the gate,
But his friend said: „Too late,
You can go back to bed, we're on strike.

Helga Zoppke, Hamburg

In einer Gasse in Plymouth
passierte mir was Schlimmouth.
Ein Kerl verlangte mein Geld,
und ich - ich bin kein Held -
gab's ihm und sagte: „Da nimouth!"

Waldemar Straube, Goch

Frau Doppelspeck walzte durchs Foyer.
Da platzt das Modellkleid, das noye!
Na, sowas kommt vor,
doch es war von Dior!
Da seufzte ihr Mann aber : „Oye!“

G.A. Weininger, Essen

Es hatte ein Mann in Saarbrücken
ein Weib voller Bosheit und Tücken.
Er war schon längst tot
als sie ihm noch droht:
„Du Feigling, Dich so zu verdrücken!“

Albrecht Thomforde, Axstedt

In Warschau springt Herr Gierek
Seit anderthalb Stunden im Viereck
Man hatte im Staatsamt
Den Wodka beschlagnahmt
Und rollte jetzt auch noch das Bier weg.

Borwin Bandelow, Göttingen

Als der Kalif von Agapur
nach der Zählung des Harems erfuhr,
daß, so sehr man auch zählte,
die Lieblingsfrau fehlte,
da sagte er nur: Scheißinventur.

Andreas Mahr, Pöcking

Eine Pop-Gruppe aus Watten
war bekannt durch die Platten,
die sie immer wieder
- nicht wegen der Lieder -
an ihrem Volkswagen hatten.

Hanns Könneke, Wiesbaden

Ein Paar aus der Gegend von Nimes
ward in der Arena intim.
Es tobte der Mob
und pöbelte grob
und bewarf sie mit lauter centimes.

Peter Eickhoff, Würzburg

Einem Holzfäller in der Sahara,
dem wurd' es von Tag zu Tag klarer:
Hier gibt's nichts zu tun
Und immer nur ruh'n -
Da wurde er Buggy-Testfahrer!

Peter Mohr, Bremen

Im Inselhotel auf Elba
da schleckte ich Eis Pfirsich-Melba
Meine Frau sagte mir:
„Ach, hol mir ein Bier!"
„Ach," sagte ich, „hol es dir selba!"

Karlheinz Nennstiehl, Essen

Nen begabten Torwart aus Meppen
Konnte Uwe bei einem Penaltz neppen,
Seufzt der Pechvogel schwer
Dem Ball hinterher:
Sind wir Keeper denn immer die Deppen?

Hubert Huber, Kissleg

Der Storch sprach zum Hasen: „Die Schreier,
die Babys für Schulze und Meier,
die habe ich über!
Bring du sie doch lieber!
Dann leg ich zu Ostern die Eier!“

Cornelia Scholemann, Bochum

Ein gelehrter Professor aus Strasbourgh
wollte ohne seine Frau zu 'ner Kourgh.
Doch die Alte blieb stourgh
und sagte ihm nourgh:
auch hier gibt's Whisky nourgh pourgh.

Heiner v. Essen, Münster

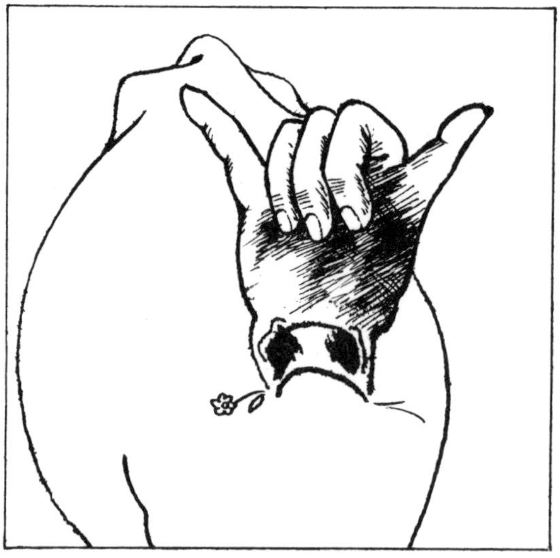

Ein Elefant lebte in Texas,
der immer so schrecklich gern Keks ass,
doch kam mit dem Rüssel
er nie an die Schüssel,
weil ständig er viel zu weit weg sass.

Karl-Lothar Hentschel, Berlin

Ein Sonntagsjäger aus Rheda
erlegte den Schwan von der Leda.
Allein in der Kammer
packt sie nun der Jammer
und heult sich die Augen reseda.

Jochen Gehrlicher, Leinfelden

Eine biedere Hausfrau aus Dortmund
gab im Fernsehn zwecks Werbung dies Wort kund:
Ihr Hemd sei so sauber
durch den Waschpulver-Zauber.
Sie verschwieg, daß das Hemd leider fortschwund.

Karla Kassimir, Würzburg

Dem Busfahrer aus Oberhumburgh,
dem ging eines Tages der Bus durch;
ein Bauer ihn jagt
und ihn böse fragt:
Wieso hat mein Acker 'ne Querfurch?

Michael Petersen, Hamburg

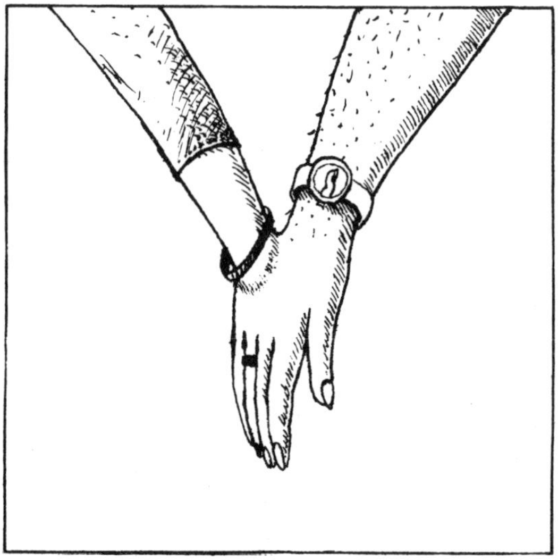

Ein Herr und zwei Damen aus Lahr,
die rauchten nachher und fürwahr -
Es wirkte bekömmlich
und daher auch frömmlich
nach allem, was vorher da war.

Gerd Koegel, Meckenheim

Ein Thurau-Verehrer aus Durach
fuhr nach Didi's Tour dessen Tour nach,
er fuhr schneller als der
und wunderte sich sehr:
Wahrscheinlich ging nur seine Uhr nach.

Norbert Raitor, Usingen

Es war einst ein fescher Opa,
der wollte quer durch Europa
von London nach Malta,
doch kam er nie an da.
In Amsterdam streikte sein Mofa.

Peter Stewen, Dülmen

Ein Pygmäe wohnte in Anklam
im vierzehnten Stockwerk, und langsam
begriff dieser Stift,
daß an Knopf 14 im Lift,
er trotz redlichen Mühens nie rankam.

Egon Hille, Berlin

Ein Großwildjäger aus Hagen
wollt' Sonntags Krokodile jagen.
Der Plan ging nicht auf,
am Montag darauf
hat das Tier 'nen verdorbenen Magen.

W. Stahl, Dossenheim

Eine Dame aus Tellerfeld
jeden Abend in ihren Keller fällt.
Sie hält den Rekord,
ich geb' Dir mein Wort
- zumal sie jedesmal schneller fällt.

Marc Forster, St. Gallen

Ein alter Käpten auf Spiekeroog
das Blaue vom Himmel herunterlog.
In der Nordsee im Mai
fing er 'nen Hai,
der mindestens dreißig Tonnen wog.

Norbert Schwirtz, Castrop-Rauxel

Einst fuhr in die schöne Stadt Nizza
zum Baden die Gräfin Mariza.
Dort aß sie am Strand
eine Qualle mit Sand.
Sie dachte, es sei eine Pizza.

Karlheinz Nennstiehl, Essen

Ein Mann aus Benediktbeuern,
der zahlte noch nie seine Steuern.
Überdenkt er im Bau
jetzt die Sache genau,
dann tut er sie bitter bereuern.

Richard Lutz, Hamburg

In der Koje lag Admiral Nelsen
und begann, vor Kummer zu schmelzen.
Er wollte so sehr
statt drauß' auf dem Meer
sich im Bett Lady Hamiltons wälzen.

Klaus Heyer, Karlsruhe

Da war der Barbier von Sevilla
der fragte in einer Cantilla
mit der Stimme voll Gier
„Habt ihr kein Papier?
So kommts Rauchen mich doch sehr viel billjer.

Dr. F. U. Lutz, Bad Homburg

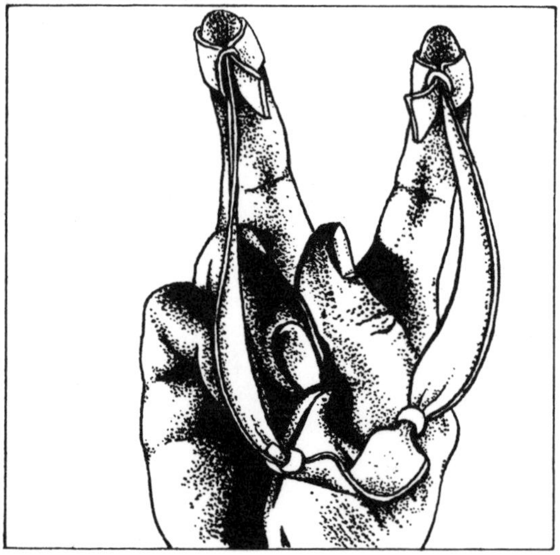

Ein dreister Vertreter aus Kempten,
der reiste in modischen Hemden.
Er kam bis Neapel
und fand's akzeptabel.
Jetzt führt er nur noch die Fremden.

Rupert Ziegler, Wunsiedel

Ein Meisterdieb aus der Türkei
bestahl nachts die Tochter des Bei
nein, nicht, was Sie glauben
die Chance, das zu rauben
war leider seit Jahren vorbei.

Adolf Burgmeier, Ulm

Ein Beamter in Frankfurt am Main,
der schlief bei der Arbeit oft ein.
Wenn Kollegen ihn neckten,
zum Frühstücken weckten,
dann sprach er: „Das find' ich gemein."

Wilhelm Simon, Hamburg

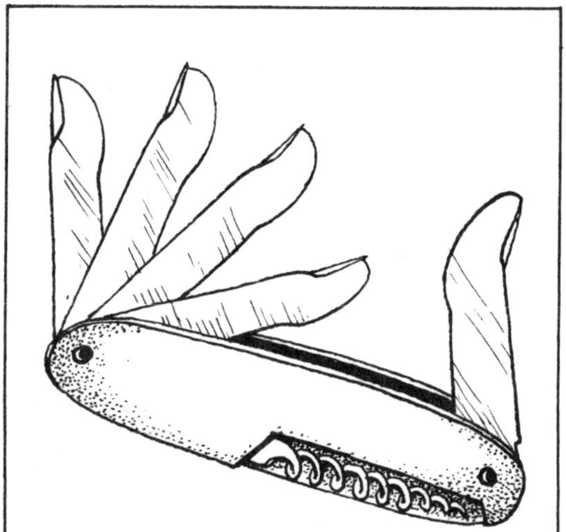

Ein blasser Jüngling aus Lüdenscheid
sich unbändig schon auf den Süden freut.
Er besitzt seit 'ner Weile
Strick, Säge und Feile
und hat jetzt das Kleben von Tüten leid.

Egon Hille, Berlin

Eine dickliche Dame aus Schieder
öffnete heimlich ihr Mieder.
Sie tat's ganz versteckt,
doch hat man's entdeckt -
Ich glaub, so was tut sie nie wieder.
Jörg Engelbrecht, Düsseldorf

Es sagte die Tante aus Sindelfingen:
ich möcht' so gerne auf Platte singen.
Sie hat es gemacht,
doch kommt der Verdacht,
als wollt' ihr nur ein Play-back gelingen.
Jürgen Kelch, Solingen

Drei Hühner aus Uruguay
die legten ein jedes ein Ei.
Drauf sagte die eine:
„Macht eur'n Mist alleine,
in Zukunft legt nur noch ihr zwei."
Klaus Geller, Düsseldorf

Ein Fräulein im Hamburger Westen,
die trinkt stets vom Wein nur den besten.
Doch kommt sie in Zorn,
dann säuft sie gleich Korn.
Das kann man am Atem gut testen.

Richard Lutz, Hamburg

Fünfunddreißig Studenten aus Lingen
kreuzten des öfteren die Klingen.
Dabei gab's, hört man sagen,
fast immer Geschrei und Klagen.
Sie wollen deshalb nur noch singen.

Dick Schneider, Düsseldorf

Es glaubte ein Mädchen aus Celle,
daß ihr vorne etwas fehle.
Nach einigen Tagen,
da wollt' sie es wagen
und schob unters Blüschen zwei Bälle.

Ulrich Boekstiegel, Bielefeld

Zwei Damen warfen beim Strippen
ihre selbstgedrehten Kippen
einem Herrn direkt
in sein Glas Sekt
und mußten dann davon nippen.

Christel Brodde, Berlin

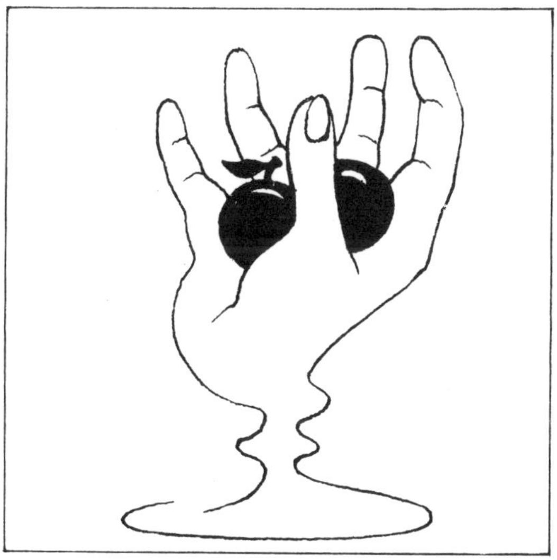

Es geschah einer Frau namens Mimmi
als sie guckte im Fernseh'n 'nen Krimi
daß plötzlich ganz langsam
von hinten 'ne Hand kam
ein Schrei und - naja, es war Jimmy.

Christine Auer, Frankfurt

Es sagte ein Mann mal in Theben
komm Kumpel, wir gehn einen Heben,
Im Fall eines Falles
ist Schnaps gut für alles
Im Suff nur lohnt sich das Leben.

Ingeborg Grigoleit, Bochum

Ich kenn' eine Frau in Lohbrügge,
die wünscht sich 'ne ganz echte Brücke.
Da schenkte ihr Sohn
ihr zwei aus Beton.
Das Leben ist doch voller Tücke.

Alfons Gries, Hamburg

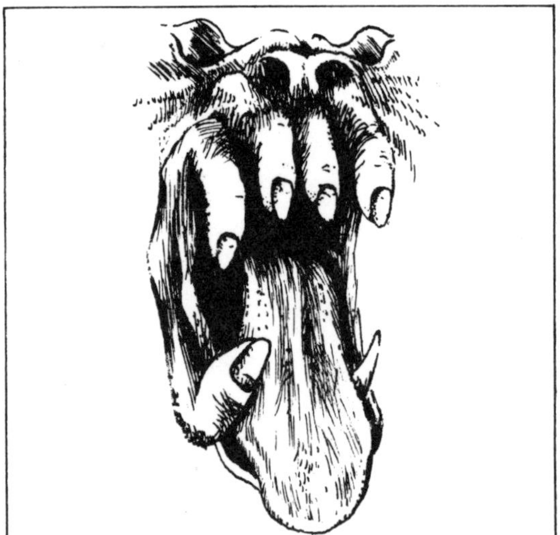

Es gibt noch 'ne Dame von Gestern -
die hat auch einige Schwestern -
Die sagen mit Recht:
„Die Männer sind schlecht!"
Nun sitzen sie da und lästern.

Paul Scheffler, Essen

Es wandelt ein Mann in Waldfischbach
des öft'ren nachts schlaf und das gibt Krach.
Stets zieht's ihn zum Kammerl
voll Würschtel und Wammerl
Sein Fleischberg von Frau liegt dann brach wach

Timothy Mc Neal, Alzey

Ein Schornsteinfeger aus Kothen,
der suchte modern're Methoden:
reinigt einen Kamin
mit Nitroglycerin
er ist jetzt dort nicht mehr vonnöten.

Ulrich Glaser, Esslingen

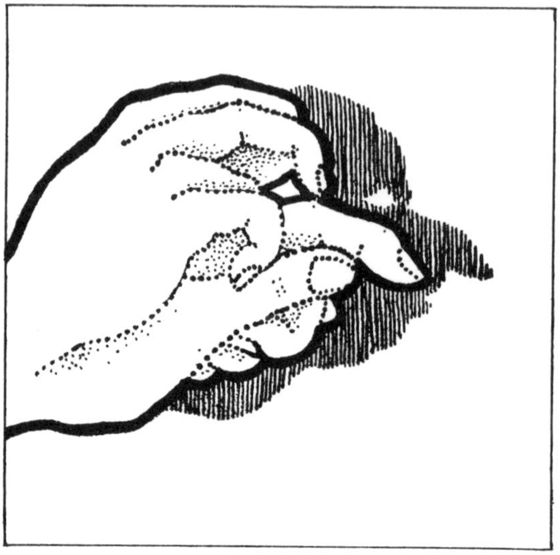

Eine ältere Dame aus Winsen,
die aß für ihr Leben gern Linsen.
Sie aß im Akkord
brach jeden Rekord
nur ihr Magen, der ging in die Binsen.

Klaus-Jürgen Rosinsky, Kassel

Es angelte in der Lippe
ein Mann mit Köder und Strippe.
Doch so lang er auch fischt,
es beißt einfach nischt,
er holte sich bloß die Grippe.

Rosemarie Fischer, Marl

Es lebte ein Mann einst in Allenstein,
der kam jede Nacht mit 'ner Drallen heim.
Doch vom vielen Fett
allnächtlich im Bett
bekam er zum Schluß einen Gallenstein.

Hans Boas, Nürnberg

Die Frau eines Rauchers aus Tölz
ging oft mit ihm ins Gehölz.
Man konnte nur Rauch sehen.
Doch klar zu verstehen
war ständig ihr „Gott vergelt's!"

Rita Gipp, Göttingen

Ein Bergsteiger von der Biskaya
wollte zu Fuss zum Himalaya,
doch als er in Lhasa
das Ding von nah sah
sagt er ganz leise: „Au weia“

Heinz Brech, Trier

Ein junger Geier flog in die Weite,
seine Braut flog mit an seiner Seite.
„Schlag’ Dir die Hochzeit aus dem Sinn“,
keifte plötzlich die schöne Geierin,
„ich hab’ gelesen, Du bist pleite!“

Günther Schreiber, Hamburg

Es war mal ein Mädchen in Sylt,
das war auf die Männer ganz wild.
Doch wen sie erhascht
sofort drauf vernascht
und keinen sie länger behielt.

Uwe Sieber, Schliersee

Die Knaben und Mädchen aus Emden,
die tragen stets knallenge Hemden
und am Kragenrand
eine Schwarze Hand.
Das erregt meist recht starkes Befremden.

Inge E. Credé, Frankfurt

Ein Ferkel, ein schlaues, aus Simmern,
das fing an, im Schlachthof zu wimmern:
„Mein letzter Wunsch sei,
kommt, laßt mich frei,
sonst wird sich mein Zustand verschlimmern!"

Rainer Klee, Saarbrücken

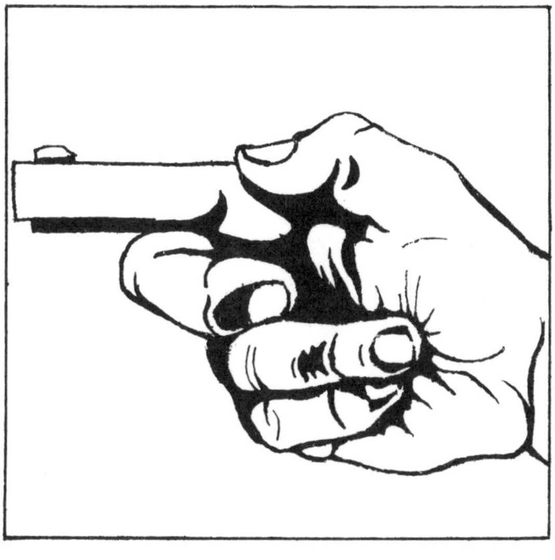

Ein Pater, er wohnt in Ostfildern,
wollt' gern seine Bibel bebildern,
doch schon bei der Schlange,
da wurde ihm bange,
wie nackt er die Eva sollt' schildern.

Sieglinde Gebhardt, Denkendorf

Es war ein König in Thule,
der liebte auf seinem Stuhle
wenn nicht mit viel Glück,
so doch mit Geschick
seine halbverwelkte Buhle.

Adolf Schneider, Wiesbaden

Ich tat mit 'ner Witwe aus Anrath,
was einst ihr verblichener Mann tat;
da sagte voll Hohn sie:
„ein As war mein Toni,
auch wenn er es nur dann und wann tat!"

O.B. Burkhardt, Berlin

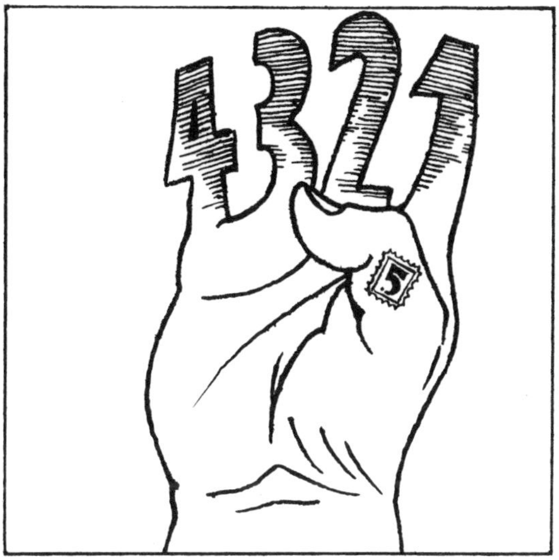

Es war einmal eine Maid,
die hatte ein schönes Kleid.
Ich nahm sie mit in mein Haus
und zog das Kleid ihr aus.
Ich war ihr Kleid nämlich leid.

Gabriele Schleimer, Kleinblittersdorf

Auf Hamburg's „sündiger Meile"
ging ich spazier'n ohne Eile.
Doch ich war ganz perplex,
ich las immer nur „sex".
Dabei war's erst fünf mittlerweile.

Hildegard Gayer, Hamburg

Es schimpfte die Frau mit dem Manne
„Du hattest ja gar keine Panne,
du warst in der Nachtbar,
da sah dich ein Nachbar."
Sie drohte ihm wild mit der Pfanne.

J. Behrens, Bremen

Ein Hafenarbeiter aus Brest
ernährt sich fast nur von Asbest.
Nur manchmal, aus Blödsinn,
ißt er Nähgarn und Lötzinn,
was nicht auf Geschmack schließen läßt.

Celia Marshall, München

Eine Dame in Ludwigshafen,
die wandelt nachts im Schlafen.
Man schickt sie zur Kur
und auf grüner Flur
wandelt sie jetzt unter Schafen.

Sorin Toma, Würzburg

Es stand eine Kuh in den Nelken,
die ließ sich so gerne melken.
Es war ohne Zweck,
der Melker blieb weg.
Vereinsamt die Nelken jetzt welken.

H. Führer, Mönchen-Gladbach

In Xanten, da lebten drei Tanten,
die billig ein Auto erstanden.
Sie wollten nach Wien,
doch die Bremsen war'n hin.
In den Alpen sie spurlos verschwanden.

Karla Kassimir, Würzburg

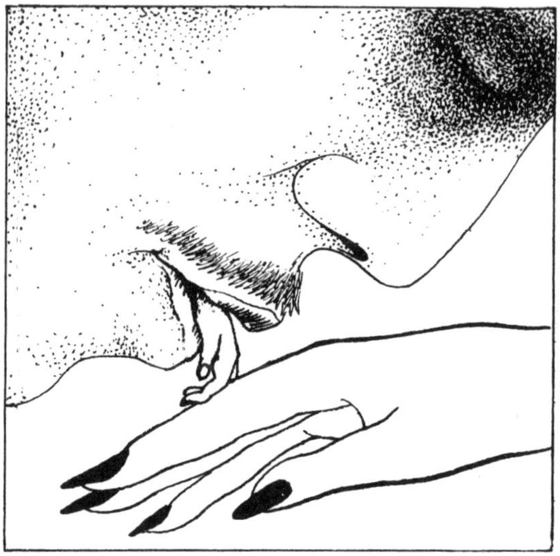

Es lebte ein Stier in Nordfriesland,
der alle Kühe recht fies fand.
Und wenn man ihn holte,
weil er decken sollte
erreicht' seine Stimmung den Tiefststand.

Eckard Wüst, Marburg

Eine alte Jungfer aus Mölln
fuhr zum Karneval nach Köln
um was zu erleben
wollt' Liebe sie geben
doch auch dort tat keiner sie wölln.

Telsche Borwick, Schwarzenbek

Einer jungen Biologin aus Schweigert
blieb der Wunsch nach Liebe verweigert,
weil sie wie ihre Schnecken
zu jedermann Schrecken
beim süßesten Küßchen schon seibert.

Hans Twardokus, Rimsberg

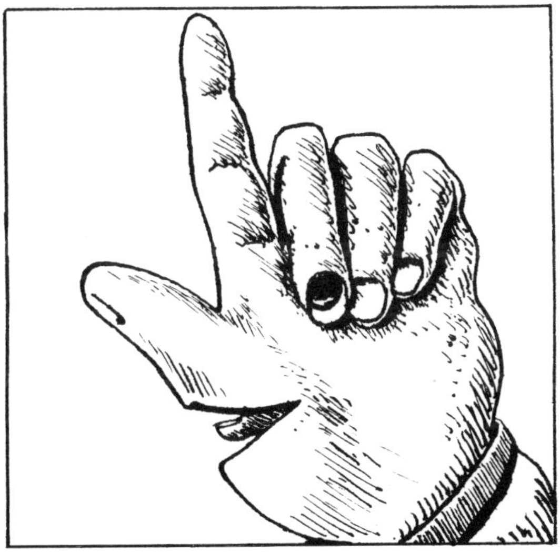

Es wollt' ein Playboy aus Maschen
oft schöne Frauen vernaschen.
Doch fand er nur
die Dummheit pur.
Jetzt leert er reichen Witwen die Taschen.

Thomas Mettler, Konstanz

Ne junge Dame aus Cannes,
bekam die Disco-Stiefel nicht an.
Sie tat sich bemühen
und tat daran ziehen,
doch zu hoch war leider ihr Spann.

F.-Rüdiger Riek, Hamburg

Ein liebender Jüngling aus Korbach
bekam von der Liebsten 'nen Korb, ach!
Er schlug daraufhin
sich die Maid aus dem Sinn
und singt jetzt im Korbacher Chor Bach.

G. Klein, Werl

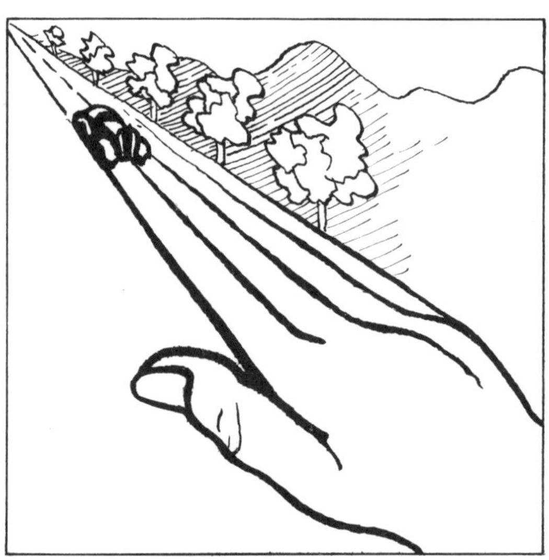

Es schaltet in München Sepp Zinker
nur links und nicht rechts seinen Winker.
Für die Crew
von der CSU
ist Zinker von nun an ein Linker.

Günther Brochhoff, Badenweiler

Eine ältere Dame aus Zürich
sprach zu ihrem Gatten: jetzt spür' ich,
es ist wieder Föhn,
und das find' ich sehr schön
denn bei Föhn bin ich immer so rührig.

Dirk Edelhoff, Konstanz

Ein Kannibale mit Übergewicht
hat nur die lieben Verwandten in Sicht.
Er sprach: „Ich bleib' stark,
ab heut' nur noch Quark.
Denn meine Sippe ess' ich nicht!"

Peter Hesse, Berlin

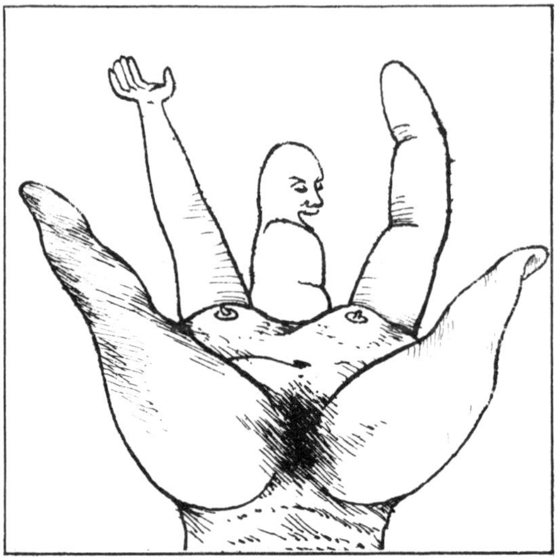

Ein Schachspieler aus Süd-Hessen,
der wollte mit Karpov sich messen.
Jedoch aus dem Spiel,
da wurde nicht viel:
Er hatte die Regeln vergessen!

Wolfgang Eisen, Leutesdorf

Es mault ein Novize aus Allmendingen:
„Immer wachen und beten und Psalmen singen
Das wär schon nach drei Tagen
wirklich kaum zu ertragen,
wenn wir nicht ab und zu eine qualmen gingen

Renate Horlemann, Berlin

Ein schüchterner Jüngling aus Ansbach
lief brav einer dummen Gans nach.
Er wär längst schon ihr Gatte,
doch heil ihm, er hatte
den Mut nicht, daß er sie ansprach.

Erich Fraundörfer, Horstmar

Ein Mann in der Kantine,
trinkt Bier und verzieht keine Miene.
Da fällt er vom Hocker,
ein Stuhlbein war locker,
nun trägt er am Bein eine Schiene.

Hans-Werner Harms, Hamburg

Eine Lachmöwe ward über Nacht
von einer Katze ums Leben gebracht.
Die schlaue Mieze
erzählte ihr Witze.
Da hat sie sich totgelacht.

Albrecht Wormsbach, Wuppertal

In München da wohnt ein Gefreiter,
der fiel eines Nachts von der Leiter.
Er wollte zur Magd
die „nein" hat gesagt -
jetzt reist er im Zorn morgen weiter.

Anna Steinmetzger, Bremerhaven

Es campte einst einer am Po,
der suchte ganz eilig ein Klo.
Da er keins fand
er einfach verschwand
mit dem Po in dem Po - einfach so!

Eginhard Schüler, Malsch

Ein Hund in Curaceau
der war zu weilen sehr bleau,
Vergaß seine Freau,
und liebte 'ne Seau.
Nun machen die Ferkel „Weau, weau"

Gisela Rindle, Nürnberg

Zum Mäuserich sagte das Mäuschen:
„Mein Gott, ich bin ganz aus dem Häuschen!
Schon wieder ein Kind!
Mein Lieber, ich find,
wir machen jetzt endlich ein Päuschen!“

Alfred Schratzer, Wuppertal

Eine Lehrersfrau in Sterkrade,
die kochte so gern Marmelade.
Ihr Mann, der hieß Meikel,
er war etwas heikel;
stumm deutete er auf die Made.

Ewald Drescher, Bamberg

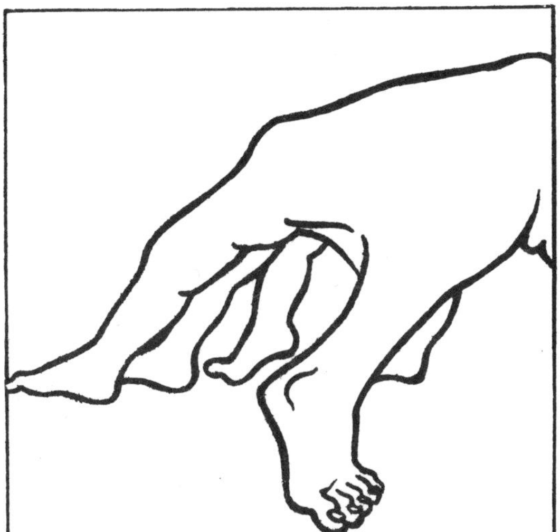

Eine muntere Schöne aus Unna,
die stöhnte: „Es ist doch ein Wunna,
ich halte Diät
von morgens bis spät
und doch wird mein Leib imma runna!"

Barbara Siegismund, Koblenz

Es boxte ein Boxer aus Herne
so gern gegen Leut aus der Ferne,
dann traf er in Mali
auf Muhamed Ali,
seitdem tut er's nicht mehr so gerne.

Brunhilde Schmidt, Essen

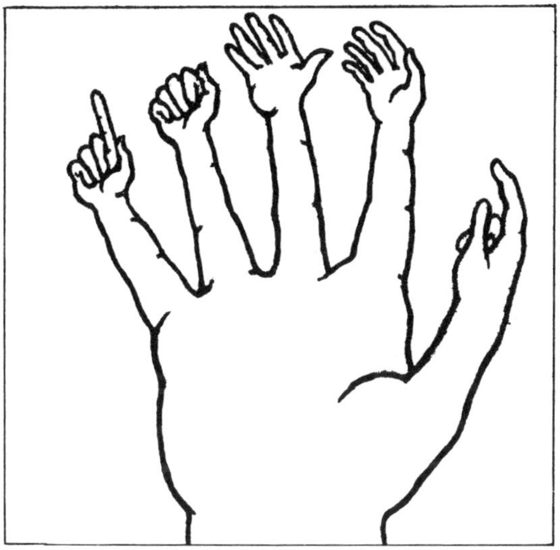

Es war mal ein Mädchen aus Bestwig,
dem wurde der Freund ziemlich lästig.
Sie gab ihm den Laufpaß,
dann fehlte ihr doch was -
jetzt hat sie 'nen neuen in Ostwig.

Marion Wittke, Essen

Ein geplagter Student aus Münster
betrachtet die Zukunft sehr finster.
Durch den Streß vor'm Examen
keine Zeit mehr für Damen.
Die Umkehrung wär richtig, grinst er.

Ulrich Tigelmann, Münster

Ein Mädchen vom Lande bei Rastatt,
das mal von der Liebe genascht hat,
hat draussen im Land
nicht die Pille gekannt:
Die Entbindung fand in der Stadt statt.

James Wachsmann, Frankfurt

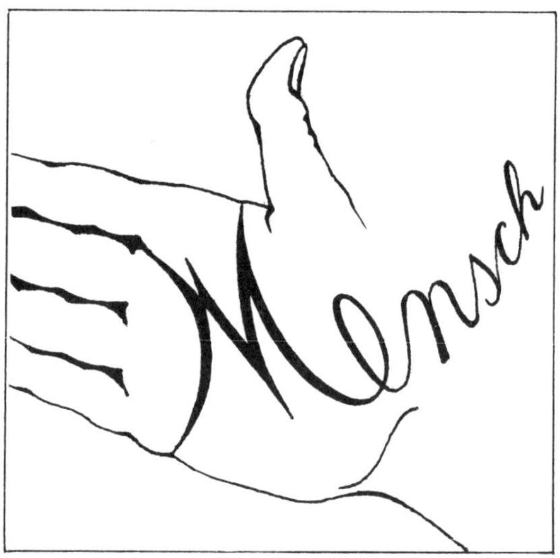

Da war so 'n Dichter aus Eiben,
der wollte unbedingt 'nen Limerick schreiben,
doch es wurde nur Mist,
den man sofort wieder vergißt.
Drum ließ er das Dichten künftig bleiben.

Claudia Priester, Ingelheim

Ich kannte ein Mädchen aus Würenlos,
das machte es gebührenlos.
Doch auf die Dauer
wurde ich schlauer
und hatte selbst im Verführen was los.

Peter Cielnch, Bochum

Es hatte ein Mann vom Parnaß
mit der Frau seines Bruders viel Spaß.
Nach einiger Zeit
war's dann so weit.
Ist er nun Vater oder Onkel oder was?

Adolf Biedemann, Hamburg

Für nen Entomologen aus Schwaben
war kein Platz an der Uni zu haben.
In der Mensa als Koch
schafft er's schließlich doch:
Er promoviert nun über Schaben.

Judith Rauch, Tübingen

Es fiel eine Dame aus Lüneburg
durch die Prüfung mit trauriger Miene durch.
Sie ging zum Ballett
doch war sie zu fett
ein Krach, sie fiel auch durch die Bühne durch.

Martina Rennau, Lüneburg

Eine lustige Witwe aus Moers
zu ihrem Freunde: „Ich hör's,
man hat mich verdächtigt,
ich hätt fremd genächtigt.
Doch das ist gelogen; ich schwör's."

Waldemar Straube, Goch

Da trieb mal ein Bauer aus Brauna
seine Drei-Zentner-Sau in die Sauna.
„Ach, seid doch so nett!
Sie wird mir zu fett!"
Doch man sagte: „Kein Zutritt für Fauna!"

G.A. Weininger, Essen

Es übte ein Guru aus Thailand
das Leben allein auf 'nem Eiland.
Er schwamm ins Meer
zu weit raus und daher
sein Ende er durch einen Hai fand.

Ingo Kaschel, Euskirchen

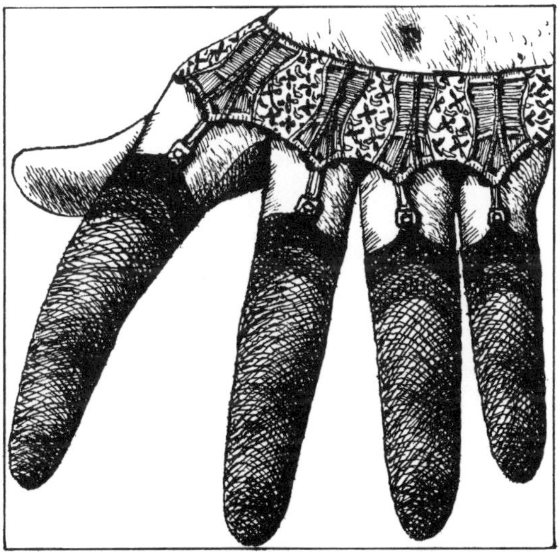

Ein Mann wollt' im Haushalt diktieren
und Ordnung im Bau etablieren.
Bei ihm im Büro
da lief das nicht so:
Denn da mußt' er selbst schwer parieren!

Doris Schmeding, Kirchlengern

Ein Schnapstrinker aus Steinhagen
verachtet selbst Spitzen-Weinlagen.
Bietet ihm man
Rebensaft an,
so hört man ihn nur „nein" sagen.

Klaus Hintzen, Aachen

Es gab einen Vampir in Lahn,
der hatte plötzlich den Wahn,
er könnt' es sich leisten
in Eisen zu beißen -
und dabei verlor er 'nen Zahn.

W. Mühl, Erlangen

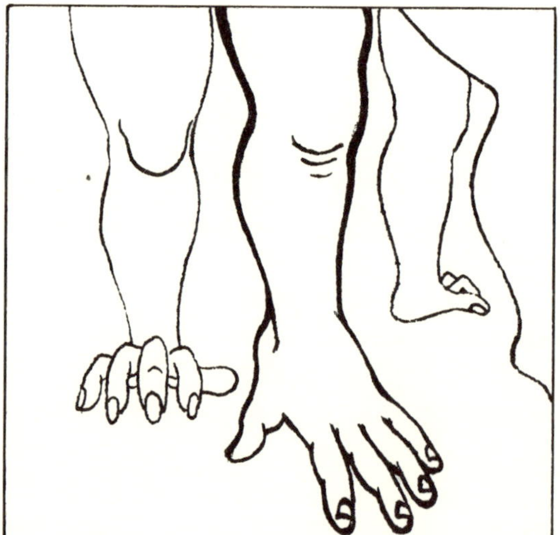

Es wünscht eine Dame aus Schwaben
ein Kind sich - und endlich 'nen Knaben.
Sie kam dann auch nieder
(ein Mädchen war's wieder!)
nun will sie den Vater nicht haben!

Jörn Kroll-Mermberg, Marburg

Es war mal ein Mann in Wildsachsen
der ließ sich die Haare lang wachsen.
Er sah nicht mehr richtig,
nahm's aber nicht wichtig!
jetzt hat er gebrochene Haxen!

Heike Merzenich, Egelsbach

Ein Liebespärchen aus Malente
schlief mal in einer parkenden „Ente".
Wer jemals saß in diesem Wagen,
der braucht erst gar nicht zu fragen,
warum das Pärchen nur pennte.

Joachim Balzer, Remchingen

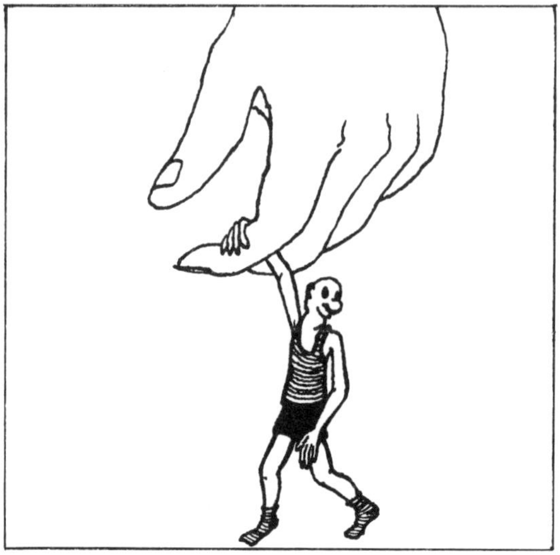

Einst träumte ein Mann namens Kirsch
des nachts, er sei ein Hirsch.
Er erwachte, der Tropf,
mit Hörnern am Kopf -
seine Frau war wieder auf Pirsch!

Jürgen Braatz, Büdelsdorf

Es wohnte ein Mädchen in Witten,
die schwärmte für Benjamin Britten.
Sie lud ihn zu sich,
doch er wollte nich;
so fuhr sie zu ihm nach Great Britain.

Smetius Furbach, Mühlheim

Ein Mädchen von den Antillen
war einem Chilenen zu Willen.
Wie so Schicksale sind!
Jetzt muß sie sein Kind
am Stillen Ozean stillen.

Karlheinz Nennstiehl, Essen

Am Stammtisch in Kochel am See
spielte Skat mit zwei Freunden Andre;
Drehte würzig und voll
und fand das ganz toll -
Trotz verlorenem Contra und Re.

Ekkehart Herse, Hann.Münden

Es war eine Dame in Essen,
die hätte gern was gegessen.
Sie saß im Cafe
und trank nur Tee.
Sie hatt' ihr Gebiß vergessen!

Theo Horn, Köln

Zwei Liebende waren in Posen
ermattet vom heftigen Kosen.
Sie labten den Gaumen
mit unreifen Pflaumen,
O weh - das ging in die Hosen.

D. Habelt, München

Es schrieb die Frau Wagner aus Bern
einen langen Brief an den Stern
„Liebe Redaktion,
'ne Pin-up-Aktion
mit Herrn Nannen säh ich ja so gern."

Marlies Prigge, Hamburg

Ein älterer Stadtrat von Porz,
der trägt auch im Stadtrat nur Shorts.
Mal schwarze, mal rote -
die farbliche Note,
die wählt er da nach dem Proporz!

Alfred Schratzer, Wuppertal

Einen rüstigen Rentner aus Frechen,
den tat der Hafer noch stechen.
Und – siehe da
jetzt wurd er Papa.
Nun muß von der Rente er blechen.

J. Poggenwisch, Holzwickede

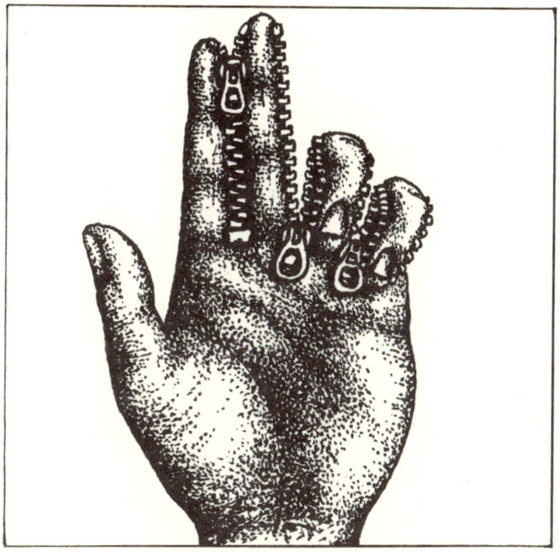

Einst erwischte ein Mann aus Mette
seine Braut mit dem Freunde im Bette.
Dem Freund war das peinlich,
doch der Mann, garnicht kleinlich,
fragt: „Habt ihr ’ne Zigarette?“

Hermann Stötzer, Neumarkt

Es war eine Dame in Wilsenroth,
die verdiente querliegend ihr tägliches Brot.
Das galt in dem Ort
noch schlimmer als Mord
und brachte die besten Ehen in Not.

Franz-Josef Neunzerling, Dornburg

Es sagte ein Trinker in Celle
jetzt trinke ich auf die Schnelle
noch ein - zwei Bier,
es wurden drei, vier...
jetzt sitzt er in der Ausnüchterungszelle.

Gerd Keilen, Obenweis

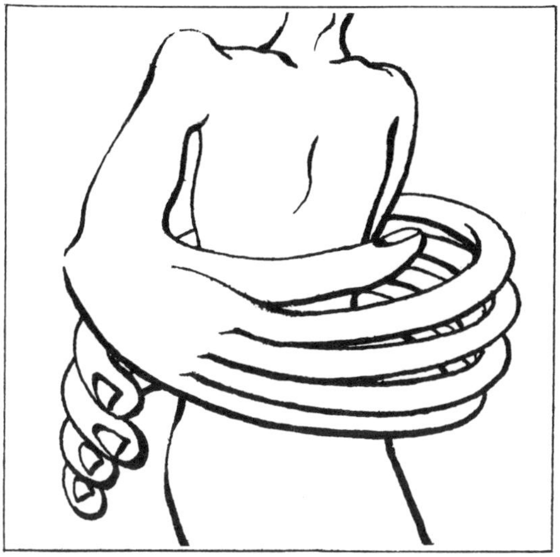

Ein Oberleutnant aus Düren
wollte ein Mädchen verführen.
Doch als er sich dachte
wie gut er es machte
erhob dasselbe Gebühren.

Günther Neumayer, München

Ich hatt eine Freundin in Schwerte,
die stets mir das eine verwehrte.
Doch als ich dann ausblieb,
sie mir eines Tags schrieb,
daß sie selbst, was ich wünschte, begehrte.

Waldemar Straube, Goch

Es war ein Faustballer in Weimar,
so schön wie er faustete keiner.
Dann wurde er krank
und kam auf die Bank.
Nun ist Weimar leider im Eimer.

Holger Schröder, Hamburg

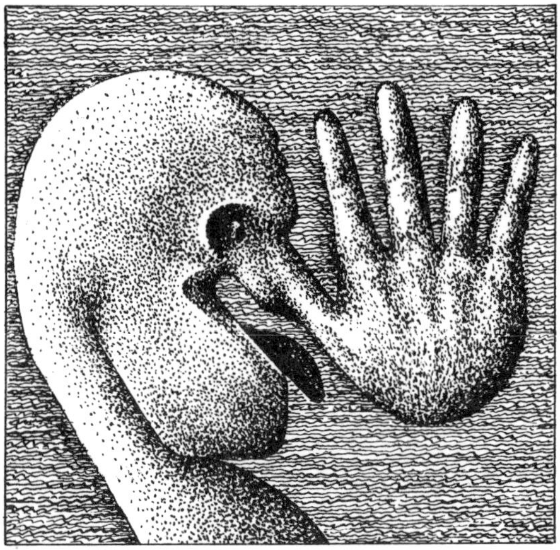

Ein Feuerfresser aus Vagen
konnte Flammen in Mengen vertragen,
doch trank er nur ein
Gläschen feurigen Wein,
pflegte Sodbrennen gleich ihn zu plagen.

Robert Jöckel, Wiesbaden

Es wohnt eine Dame in Füssen
die hat es jetzt büssen müssen,
dass sie in der Stille
und ohne die Pille,
sich hingab frivolen Genüssen.

Hans Zobel, Gießen

Ein Kleinwagenfahrer aus Münster
übersah eine Hecke von Ginster
Naja dacht' er da,
als er gar nichts mehr sah,
hier isses ja ganz schön finster.

Andreas Mahr, Pöcking

Ein Pennerpaar aus dem Knüll,
das liebte einander im Müll.
Bis dann drei Ratten
erschreckten den Gatten.
Nackt eilte er aus dem Idyll.

Alexander Rundau, Söhrewald

Vor der Zimmertür von Beate Uhse
stehen Pampel und Muse.
Sprach zur Muse der Pampel:
„Heute habe ich Bampel
und keine Lust, pampel Du 'se!"

Eckhardt Brause, St. Georgen

Ne fröhliche Mieze vom Rheine
war Fastnacht nicht gern alleine;
Fast Nacht für Nacht fort,
hielt sie den Rekord –
Jetzt brüllt in der Wiege der Kleine.

Annelie Jöckel, Wiesbaden

Ein Schürfer vom Oberen Volta
suchte mehrere Jahre nach Gold da.
Als er endlich 'was fand,
nahm er's prüfend zur Hand:
Es war aus dem Zahn ihm gerollt da!

Lothar Schwarz, Niederkassel

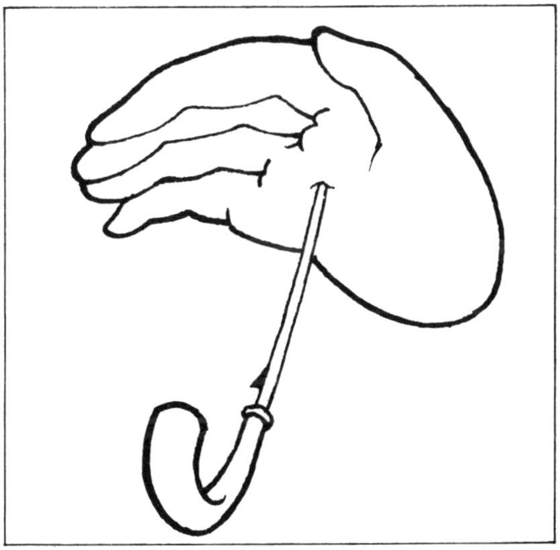

Es suchte ein Scout aus Pearl Harber
verzweifelt im Schwarzwald den Arber
(statt im Bayrischen Wald).
So wurde er alt
und gebrechlich und schwach. Schließlich starb er.

Gerhard Heinrich, München

Ein Jüngling mit schwarzbraunen Locken
ließ einst seine Braut schmählich hocken.
Jetzt ist er schon bald
kahlköpfig und alt
und stopft sich halt selbst seine Socken.

Werner Oesterle, Freiburg

Es war 'mal en Bettler in Speyer
dem war 'es Lewe zu teier,
haut ab mit'm Rad
des Rad war net g'rad
jetzt schürt er beim Teifel 'es Feier.

Michael Boesel, Dudenhofen

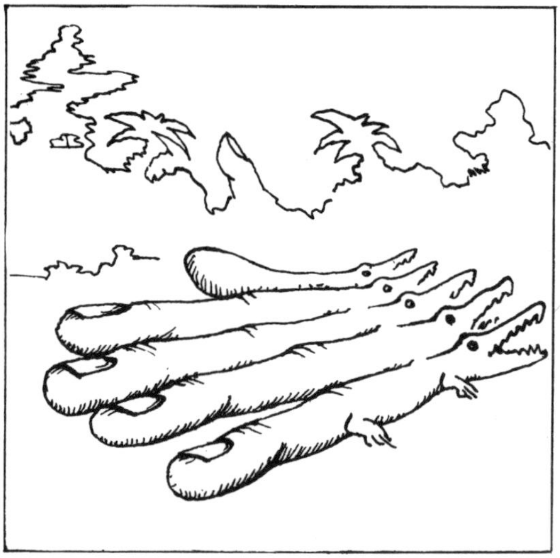

Ein Tortenbäcker aus Lingen
war sehr geübt auch im Singen.
Mit diesem Talent
wurde er stark solvent
- jetzt läßt er sich Torten bringen.

Helmut Schmidt, Bayreuth

Ein Schlittschuhläufer aus Tulsa
eine 8 stets für eine 0 sah,
beim doppelten Axel
brach er beide Haxl,
worauf man ihn nur noch in Mull sah.

Josef Herz, Reichenbach/Fils

Ein Hammerwerfer aus Leer,
meint, daß der Größte er wär,
doch wirft er, wie dumm
nur ins Publikum,
ihn zu sehen kommt jetzt keiner mehr.

Michael Weigl, Saarlouis

Es war mal ein chemischer Dokter,
das war ein ganz furchtbar Verstockter.
Seiner Frau gab er Gift,
folgte Anklageschrift.
Als Witwer im Knaste nun hockt er.

Anne Lutz, Hamburg

Es war eine Dame in Gmunden,
die hat viele Herren gefunden,
die nachts bei ihr schliefen
und morgens dann riefen:
meine Brieftasche ist ja verschwunden.

Ernst Langenstrass, Nürnberg

Es suchte ein Mann in Europa
im Sperrmüll nach einem Sofa.
Sprach einer: „Ne Couch,
die tut es doch auch!“
Da guckte der erste wie'n Doofa.

Werner Puzicha, Berlin

Da war ein Mann mal in Hagen,
der hatte es ständig am Magen.
Man gab ihm Strychnin,
das raffte ihn hin.
Er hat es wohl nicht recht vertragen.

Harald Friedrich, Wiesbaden

Ein Mädchen aus Illertissen,
das wollte am Montag nur küssen.
Kam dienstags ein Mann
und wollte mal ran,
wehrt es sich mit Händen und Füssen.

Walter M. Lehmann, Hamm

Es war mal 'ne Nonne aus Krumm.
Sie wusch sich die Ohren mit Rum.
Da keiner wollt's wagen,
die Dame zu fragen,
weiß keiner bis heute, warum.

Finbarr O'Donovan, Bremerhaven

Es war ein Mann einst aus Emden,
der wollte sein Leben beenden.
Er sprang in das Meer,
plötzlich wollt' er nicht mehr.
Doch er sank schon, er konnte nicht wenden.

Doris Lechner, Altenerding

Ein Pfarrer aus Wuppertal-Barmen
schenkt seinen VW einem Armen:
Baujahr 60, viel Rost -
doch er schickte per Post
Stoßgebete zum TÜV: Habt Erbarmen!

Jutta van Wijnen-Waldeck, Ottobrunn

Ein feiner Herr aus Andernach
bekam mit seiner Freundin Krach.
Tabak im Bett
fand sie nicht nett,
jetzt macht er eine andre schwach.

Christel Brodde, Berlin

Da war mal ein Raucher in Essen,
der war auch auf Bier ganz versessen:
das Dunkle, das Helle,
stets war er zur Stelle,
nur das Zahlen hat er vergessen.

Günther Freundlieb, Essen

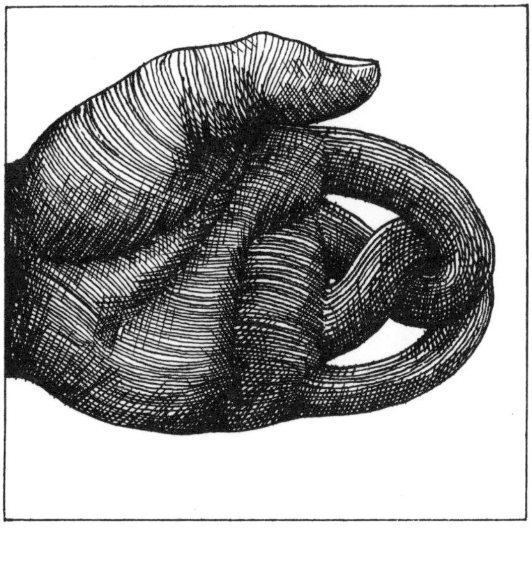

Es sitzt im Rathaus zu Hagen
ein Mann, der hat das Sagen.
Gerd heißt er,
ist Bürgermeister.
Verläßt er Hagen, wird's keiner beklagen!

Gerhard P. Joest, Hagen

In Rom ein Philister
ward geweiht zum Priester.
Bald sumpfte er ab
und das nicht zu knapp
Jetzt dient er im Puff, das genießt er.

Irmgard Birkelbach, Nürnberg

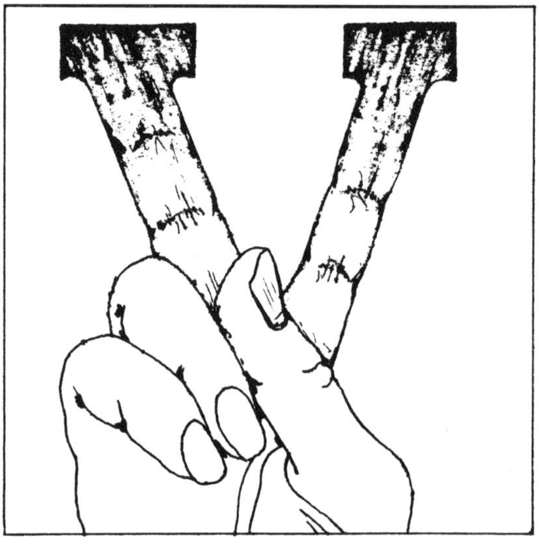

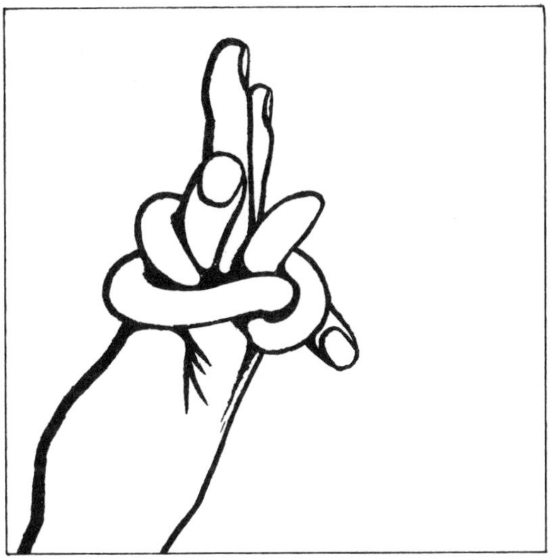

Es war mal ein Cowboy in Texas,
der bis zum Halse im Dreck saß,
groß war sein Geschrei -
da kam wer vorbei,
der sagte: „Da wärste gern weg, was?"

Ulrich Ritgen, Warburg

Kleopatra legte sich hin
ins Eselmilchbad bis zum Kinn,
dann rief sie die Zofen,
ihr Faulen, ihr Doofen,
schon wieder ist Büchsenmilch drin.

Jutta Fehrmann, Essen

Der Otto, schon immer ein Raudi,
ging zu den Girls auf Sankt Pauli.
Er zahlte verwundert
mehr als „Dreihundert“
und hatte trotzdem kein Gaudi.

Hermann Frevert, Bonn

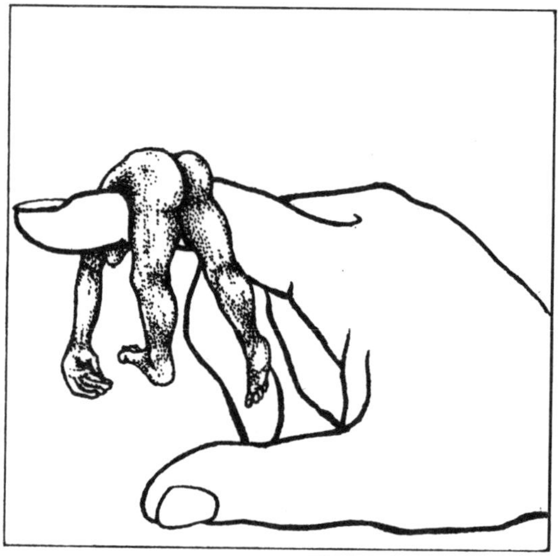

Es war im Haus vis-a-vis
da machte ein Mädchen Striptease.
Bei ausreichend Licht
hatt' ich herrliche Sicht
Schau'n Sie doch auch mal, please.

Peter Lachmann, Berlin

Es kaufte die Mutter
für Weihnacht nen Puter.
Er war sehr niedlich
und auch ganz friedlich
- Ostern kaufte sie immer noch Futter.

Martin Spreng, Allmersbach

Ein Lebensmüder in Soltau
erhängt sich mit einem Wolltau -
da fällt das Genick
heraus aus dem Strick:
Es war nur ein Zehntel-Zoll-Tau!

Ehrfried Siewers, Bendestorf

Einem Großunternehmer aus Winsen
ging ein Geschäft in die Binsen,
doch nahm er's nicht krumm,
er stellte sich um
und ißt jetzt statt Kaviar Linsen.

Klaus Bernhardt, Stuttgart

Zwei Damen in Hamburg die schleppten
in eine Bar auf St. Pauli 'nen Käpt'n.
Er fand's wunderbar,
doch es ist sonnenklar,
daß die beiden den Käpt'n nur neppten.

Dr. Franz-Josef Kunert, Berlin

Ein Schafhirt hoch in den Abruzzen,
der wollte den Skilift benutzen
mitsamt seiner Herde,
betonend, er werde
die Tiere natürlich erst putzen!

Christa Görgner, Augsburg

Ein Fensterputzer in Ohio
fiel vom siebzigsten Stockwerk, oh-weio!
Man flickte die Reste
zusamm' auf das Beste.
Es gelang in der Klinik von Mayo!

Gerhard R. Renner, Krefeld

Ich hab eine Tante in Guben,
die hat schon 5 Mädchen, 3 Buben.
Das sind alles Zwillinge,
jetzt kriegt das Weib Drillinge
und das ohne Mann in 2 Stuben.

Lore Ehrhardt, Flensburg

Es sprach im Sozialamt zu Altena
ein Rentner, der die dort verwalten sah:
„Ihr füllt eure Akten
mit Zahlen und Fakten,
und ich dacht', ihr wär't für die Alten da."

Werner Schönherr, Lüdenscheid

Ein Schwergewichtsboxer aus Plauen,
der hatte kein Glück bei den Frauen.
Geriet er in Glut
und faßte sich Mut,
bekam er gleich eine gehauen.

E. Günther, Kassel

Ein Mädchen aus Wuppertal-Barmen,
das hielt ich gar oft in den Armen.
Als ich droht' zu ermüden
schickt sie mich gen Süden.
Dort blieb ich und liebte die Carmen.

Paul Nünning, Mettingen

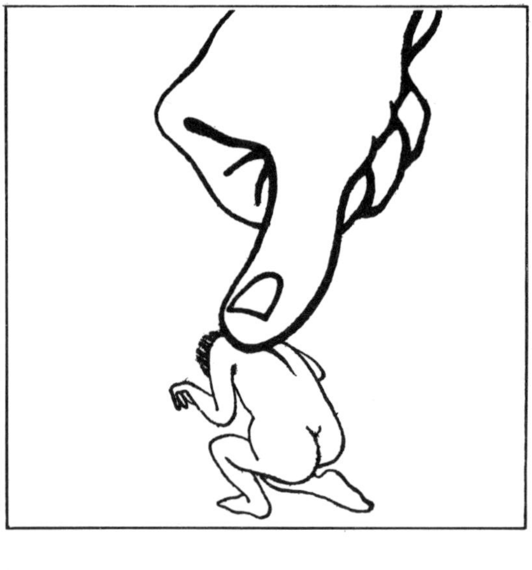

Ein Fräulein mit mächtigem Busen
trug gerne hauchdünne Blusen.
Sie fand das sehr fein
und hielt's für gemein,
daß jeder sie einlud zum Schmusen.

Gerald Cordes, Hamburg

Es lebte ein Vielfraß in Haste,
der Zeit seines Lebens nur praßte
und aß und trank
und dick wie lang
in keinerlei Anzug mehr paßte.

Harry Eicke, Fröndenberg

Ein junger Raucher aus Füssen
wollte sein Mädchen mal küssen
aber der Bengel
vergißt den Glimmstengel
und verbrennt die Lippen der Süssen.

Michael Spreng, Bonn

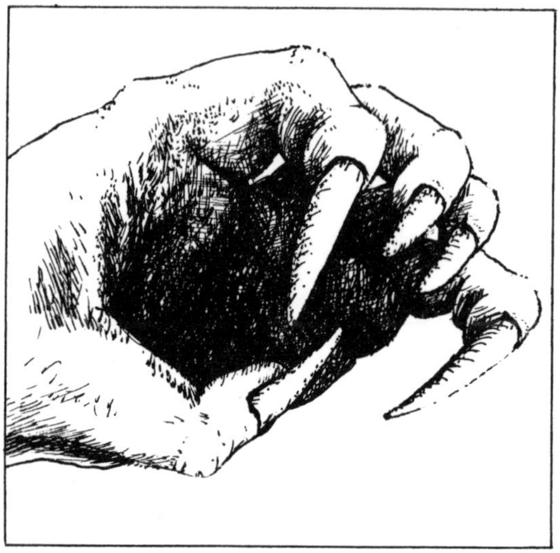

Ein biederer Bürger aus Luxemburg
baute aus Assen 'ne Kartenburg.
Bis zum achtzehnten Stock
hielt der schwankende Block,
doch dann lief ihm leider sein Hund da durch.

Ulrike Cova, Luxemburg

Es liebte ein Mädchen ohn' Ende
Soldaten auf Uno-Gelände.
Es schockt das Ergebnis,
seine Kinder, ihr seht es,
sind schwarz, gelb und rot - das spricht Bände

Timothy Mc Neal, Alzey

Tante Mary aus Brüchermühle
hat immer nur Hungergefühle.
Sie ißt auch beim gehen,
im liegen und stehen
und braucht nun zum Sitzen zwei Stühle.

Gunther Ziesemer, Juist

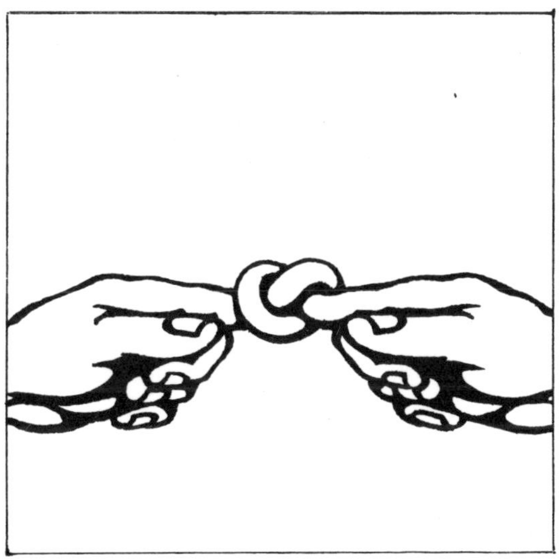

Es war eine Leiche in Seesen,
die war schon so leicht am verwesen.
Sie schaute an sich runter,
dann sagte sie munter
vielleicht kann ich doch noch genesen.

Artur Lenz, Eisdorf

Ein kleines Caféchen in Tanger
betrat mal ein Gast, so ein langer -
der sagte bloß „Ährlich“ -
da schrie ich schon „Häährlich“
auch Sie hier zu sehn, Herr von Manger!“

Alfred Schratzer, Wuppertal

Herr Gerhard van Gunckel aus Giessen,
der wollte partout einmal schiessen.
Er kauft ein Gewehr,
und knallt kreuz und quer,
um „Staatspension“ frei zu geniessen.

Z. Kately, Haifa

Es näht' eine Dame aus Emden
dem Zimmerherrn modische Hemden.
Er drehte der Netten
dafür Zigaretten.
Man fragt sich, wie wird das noch enden.

Anneliese Gießmann, Alpirsbach

Es wollten aus Lim'rick fünf Iren
in Spanien kämpfen mit Stieren,
ihre Frau'n schlugen Krach,
da gaben sie nach,
jetzt tun sie mit ihnen trainieren!

Marga Saletzky, Freiberg a.N.

Es wollt eine Dame aus Rügen
in München sich heimlich vergnügen.
Das hat sie gemacht -
bei Tag und bei Nacht.
Jetzt muß sie daheim dauernd lügen.

Ernst Kusche, Verden

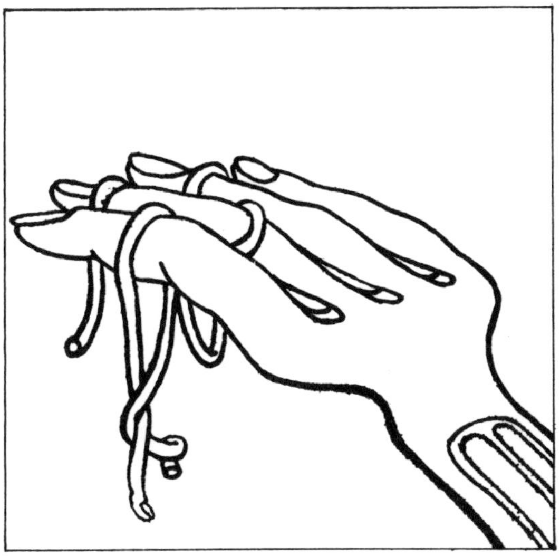

Es lebten drei Männer in Cannstatt,
die hatten die eigene Frau satt.
In einem Rausch
gab es einen Tausch.
Nun hat jeder die, die er gern hat.

Dr. G. Brokomp, Bremen

Es waren zwei Popen aus Xanten,
die standen am Fenster und spannten:
im Haus gegenüber
ging's drunter und drüber
wer war's wohl, den sie erkannten?

Achim Reinders, Willy Kranz, Ralf u. Doris Conrad, Rees

Es brach mal ein Raucher in Eis ein,
betrunken von einem Glas Reiswein,
das eiskalte Water
half gegen den Kater
doch schmerzt ihn jetzt ständig das Steißbein.

Jürgen Ries, Oldenburg

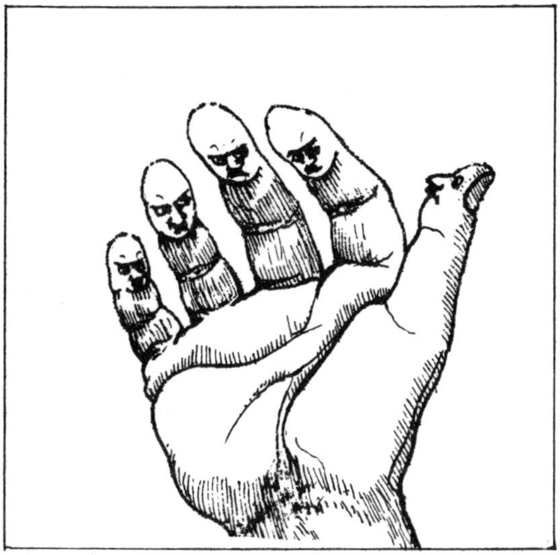

Es war mal ein Playboy auf Sylt,
der zeigte sich öfters im Kilt.
Da zerfraßen die Motten
den Rock des Schotten -
seitdem geht er unverhüllt!

Agathe Schlotzer, Hamburg

Es lebte ein Weib einst in Hessen,
die war nur auf eins ganz versessen.
Ein dummer Komplex
zwang sie nach dem Sex
ihre Partner genüßlich zu fressen.

Peter Toussaint, Essen

Ein Installateur aus Saarbrücken
litt beim Klempnern an Schmerzen im Rücken
Er installiert nun im Stehn,
wer mal muß, wird schon sehn,
auf alle Fälle entfällt nun das Bücken.

Helmut Reisener, Lüneburg

Vor Gericht stand ein Stotterer in Schwerte.
Ein Dieb - wie der Richter schnell klärte.
Er gestand - stotternd natürlich
die Tat so ausführlich,
daß sie bei Schluß der Verhandlung verjährte.

Harry Eicke, Fröndenberg

Willi war wild auf Olga aus Danzig,
sie war knusprig und saftig und zwanzig.
Doch - als er sie feste
an seine Brust preßte
entschwand seine Lust - sie roch ranzig.

Erwin Deininger, Waldkirchen

Das Ding aus der sexten Galaxis,
noch ganz ohne Erdenmensch Praxis,
begreift einfach nicht,
daß der Stiel im Gesicht
nur die Selbstgedrehte von Max is'.

Fred Eichenauer, Hameln

Es sagte ein Eisenhändler in Schweben
gefragt, ob sich noch Gewinne ergeben
„Ich kauf das Kilo für eine Mark,
verkauf es für zwei nach Dänemark.
Nun, von dem einen Prozent kann man leben."

Harry Eicke, Fröndenberg

Es war ein Angler in Sundern,
der sollte Sylvester sich wundern.
Statt Karpfen blau
serviert seine Frau
ihm nur zwei uralte Flundern.

Wolfgang Sieg, Hagen

Ein Sonntagsfahrer aus Dresden,
der fuhr immer mit vielen Gesten.
Verfehlt knapp 'nen Baum
doch glaubt man es kaum -
getroffen hat er den Nächsten!

Axel Mohr, Bremen

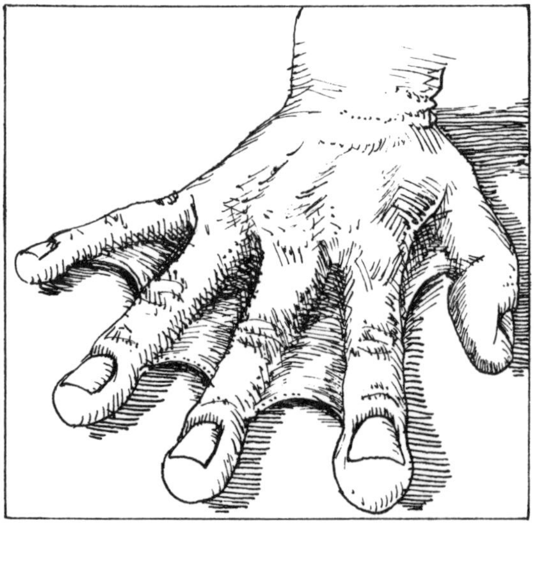

Klaus-Dieter aus Leverkusen
sucht sich eine Frau zum Schmusen,
doch als er sie hatte
kam plötzlich ihr Gatte,
der konnte das gar nicht verknusen.

Claus-Peter Lienig, Leverkusen

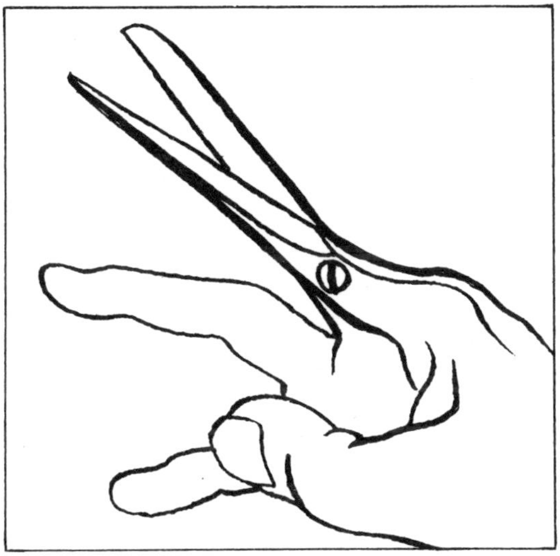

Es gab einen Mann in Bad Breisig
der schlief in der Nacht gern auf Reisig.
Seine Frau die Marie,
die liebte das nie,
drum war sie des Nachts auch ganz eisig.

Georg Zmarsly, Bonn

Ein armer Schneider in Aden
besaß nur noch einen Faden.
Da tauschte er schnell
das F gegen L
und so hat er nun einen Laden.

Irene Thomas, Junkersdorf

Ich kannt' eine Dame in Warschau
zu der sprach ihr Mann recht barsch: Frau,
hol Wodka! Maruschka.
Aber sag' nicht: Is nuscht da!
weil nämlich ich dann auf den Arsch hau!

Hans Endricat, Hannover

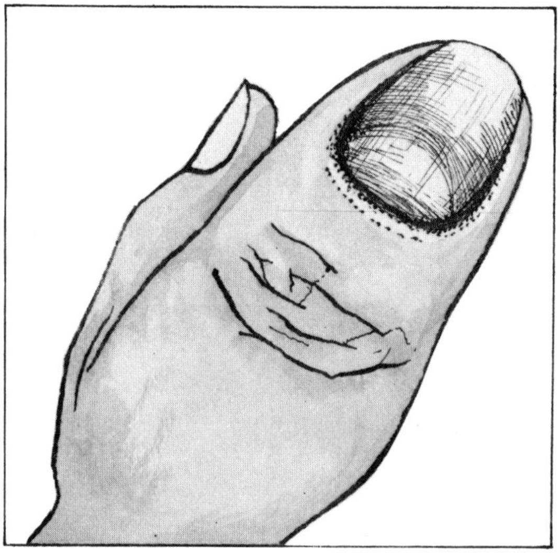

Ein eifriger Sparer aus Winsen,
der guckte mal nach seinen Zinsen.
Als er sah die Buchung,
kam er in Versuchung,
mehr zu weinen als zu grinsen.

Bärbel Litzka, Hannover

Eine Seifenblase aus Seesen
verliebt sich in einen Chinesen,
und das ging im Nu.
Sie fliegt auf ihn zu -
ein Kuß - und schon ist sie gewesen!

Vera Becher, Köln

Es kam der junge Herr Goethe
beim Orgelspiel-Üben in Nöte.
Und eines Abends beim Skat
kam von Freund Mozart der Rat:
Versuch's doch erst mal mit Flöte!

Klaus Kammerer, Berglen

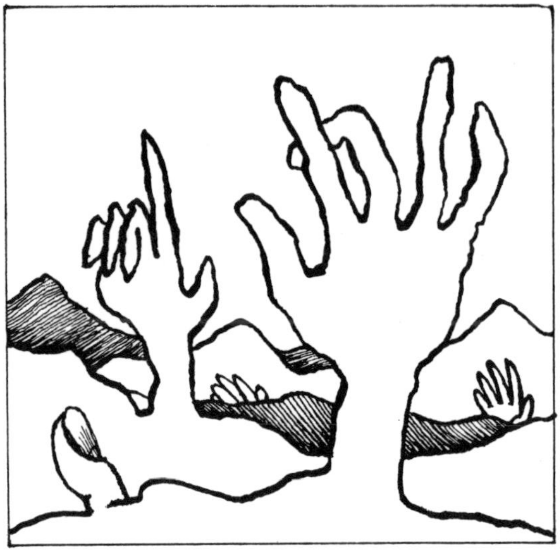

Es traf ein Jüngling aus Danzig
in Hamburg ein Fräulein, das nannt sich
Lulu oder so
und sie schwenkte den Po.
Das ham dort die Fräuleins so an sich.

Götz Bubenhöfer, Sasbach

Er hatte fünf Frauen in Hausen,
da mußt' er ganz schön sausen.
Als seine Frau es erfuhr,
er ew'ge Treue ihr schwur!
Nun sieht man ihn täglich kalt brausen.

Edmund Bickert, Mühlheim

In Bayern gewann mal ein Greis
beim Jodel-Turnier einen Preis.
Zum vollkommenen Glück
fehlt ihm trotzdem ein Stück;
Leider kam er zur Welt als ein Preiß'.

Karla Kassimir, Würzburg

Ich kannte 'ne Dame aus Durlach,
die schlich mir stets bei meiner Kur nach;
sie wollte, oh Graus,
dies stellte sich raus,
nur wissen, wo nachts meine Uhr lach.

O. Burkhardt, Berlin

Da war eine Dame in Täuffelen,
die wollt' ihren Rasen beträuffelen.
Sie schöpft' aus dem Fass
das köstliche Nass,
glitt aus - und tat darin ersäuffelen!

Marc Forster, St. Gallen

Ein Hobbypilot aus Rheinstetten
wollt' über die Anden gern jetten.
Auf dem Flügel - au weia -
saßen plötzlich zwei Geier
mit umgebundenen Servietten.

Egon Hille, Berlin

Ein ältliches Fräulein aus Mainz,
das liebte 'nen Mann, der hieß Heinz.
Der dachte sich keck,
ihr Geld nehm' ich weg -
bis er merkte, sie hatte gar keins.

Maria Wiedorn, Frankfurt

Es lebte 'ne Frau in Buchen,
die mampfte einen Kirschkuchen.
Sie biß lebhaft 'rein,
ihr Zahn traf 'nen Stein.
Da begann sie, trotz Kuchen zu fluchen.

M. Schlobach, Rheine

Ein kleiner Don Juan aus Mühlen,
der wollte als Herrgott sich fühlen.
Er nimmt sich 'ne Frau.
Was macht er genau?
Er muß jetzt die Teller abspülen.

Ursula Waschkau, Velbert

Voll Unschuld kam aus Buxtehude
nach Köln ein Fräulein Gertrude.
Sie kriegte geschwind
einen Freund und ein Kind.
Das kommt von der sturmfreien Bude.

Winfried Drope, Breisach

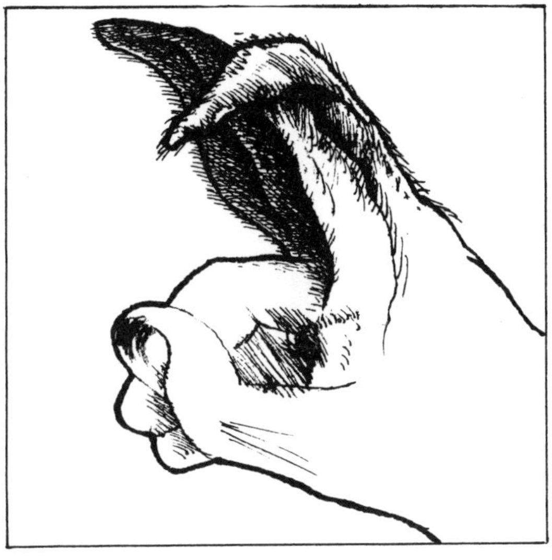

Zwei Archäologen in Lippen,
die taten nach Knochen wohl schippen.
Doch trotz viel Gegrabe,
Kreuzschmerzen und Plage,
fand keiner 'nen Schädel, nur Kippen.

Fred Pubanz, Wunstorf

Einst pafften abends nach neune
zwei Buben in einer Scheune.
Der Bauer kam plötzlich,
vertrimmt sie entsetzlich,
- und rauchte dann selber eine!

Helmut Hardt, Solms

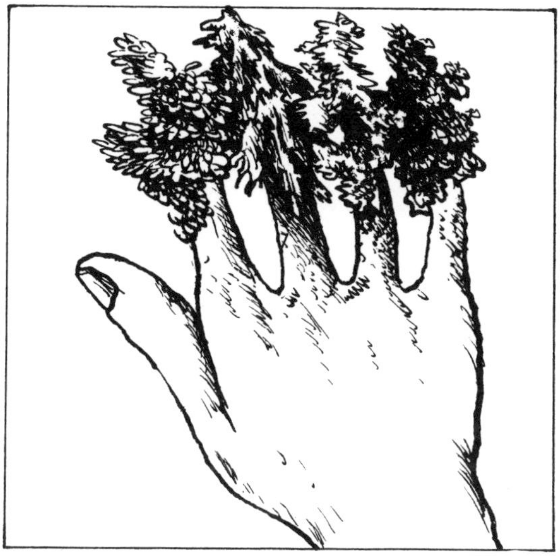

Es küßte ein Seemann aus Glaz
auf dem Kanapee seinen Schatz
ihm klebt an der Lippe
'ne brennende Kippe
da haute sie ihm vor den Latz.

Günther A. Gilles, Düsseldorf

Eine ältere Dame aus Wengen
war dabei ihren Rasen zu sprengen.
Ihr Mann schrie noch „Karin,
welchen Sinn siehst du darin,“
Heut' lauschen sie himmlischen Klängen.

Judith Einbacher, Berlin

Es waren zwei Flöhe in Celle,
die hüpften 'ne Zeit auf der Stelle.
„Nun wird's mir zu bunt!
Wir nehm'n uns 'nen Hund!"
... seit damals hat der sie im Felle ...!

E. Ehlebracht, Holzminden

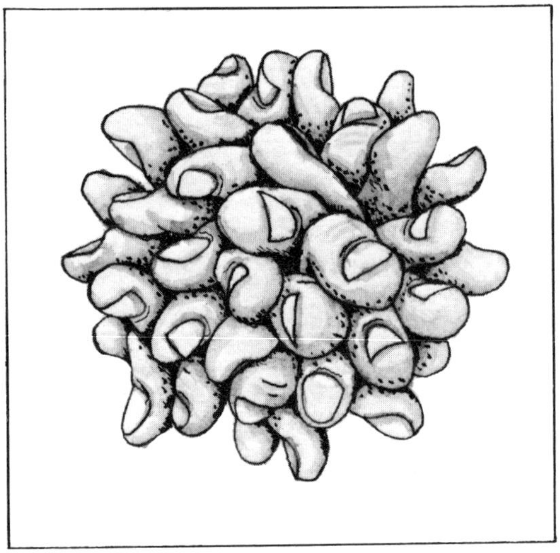

Zwei Rentner aus der Gegend um Füssen
wollten sich 'mal das Leben versüssen
mit Wein, Weib, Gesang;
was kläglich misslang.
Aus dem Krankenhaus lassen sie grüssen.

Adolf Biedemann, Hamburg

Es kaufte sich plötzlich ein Soester
die Marilyn Monroe als Poster,
hing schnell an die Wand sie,
empfand dann als Schand sie -
er lebte zu lang schon im Kloster.

Herbert Leunig, Dortmund

Es wollte ein Mann in Essen
seinen Chef per Brief erpressen.
Er hatte kein Glück,
der Brief kam zurück.
Er hatte das Porto vergessen!

Karl Hemmerich, Albersdorf

Die Wirtstochter Stasi aus Cham
war lieb, aber fürchterlich lahm
man schickte die Stasi
nach Lourdes, dort genas sie
und lief drauf mit jedem, der kam.

Adolf Burgmeier, Ulm

Hugh Hefner erfand den Playboy
und machte damit den Sex noy.
Gut tat's gelingen
ließ er Häschen springen.
Doch ich bleib meiner Frau troy!

Eginhard Schüler, Malsch

Es konnten zwei Zecher aus Holzminden
mal wieder kein Ende finden.
Ohne mit der Wimper zu zucken
fuhren sie fort mit dem Schlucken
und standen am morgen kurz vor'm Erblinden

Herbert Janzen, Höxter

Ein Funkenmariechen aus Hagen,
das konnt 'ne Menge vertragen;
doch dann kam der Punkt,
da hat es gefunkt -
Jetzt muß sie auf Vaterschaft klagen.

Robert Jöckel, Wiesbaden

Ich kannte 'ne Dame aus Ahl,
die war leider nur „zweite Wahl";
„ich muß - aber du?"
sprach beim Rendez-vous
erschüttert der Dame Gemahl.

O. B. Burkhardt, Berlin

Ein Mann aus Leverkusen,
der lag an einem Busen,
er lag verzückt
und tief beglückt.
Das nennt man, glaub ich, schmusen.

Sorin Toma, Würzburg

Ein Schlachter im sächsischen Frankenhain
trank des öfteren zuviel Frankenwein,
daß er völlig benebelt
sich selber zersäbelt
im Glauben, er wäre Frankenstein.

Albrecht Wormsbach, Wuppertal

Ein Bauer ging einstens auf Jagd
mit seiner wesentlich jüngeren Magd,
doch bei dieser Pirsch
war er selbst der Hirsch
beim Blattschuß hatte er kläglich versagt.

Hans Twardokus, Rimsberg

Frau Meier aus Köllen am Rhein,
die liebte besonders den Wein.
Gab's nur H2O,
dann war sie nicht froh
und schimpfte: „Das find ich gemein!"

Jürgen Klippert, Dortmund

Da war ein Mann in Ostfriesland,
sammelt Apfelkerne am Seestrand.
Er erhoffte billige Elektrizität,
weil in der Presse geschrieben steht
ein Kernkraftwerk kommt ins Land.

Jörg Marenski, Düsseldorf

Da war mal ein Dirndel in Füssen.
Das konnt' ganz hervorragend küssen.
Doch ansonsten - mit Sex
da lief rein garnex.
Am End' hat's allein bleiben müssen.

D. Nestler, Meerbusch

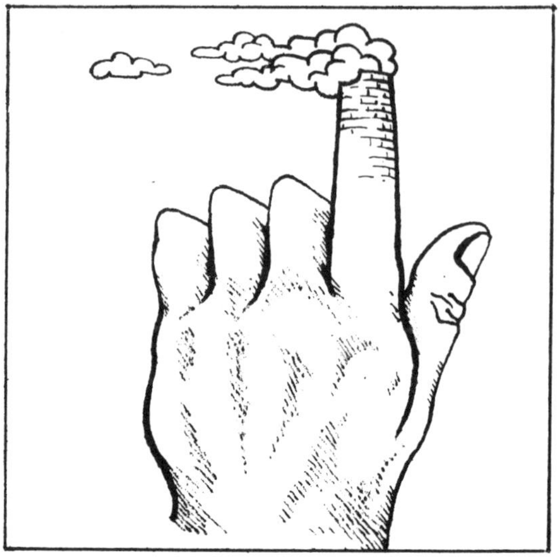

Im Garmischer Gasthof „Schlimmer Blick“
versuchten zwei einen Limerick.
Auf „da haste Papier,
das Reimen bleibt dir“
ertönte entrüstet „immer ick!“

Harry Eicke, Fröndenberg

Es dachte ein Mann aus Bad Neuenahr,
das Stoppschild sei für ihn nicht da,
er hat es bereut,
weil sein Wagen zerbeult,
nun ist der Sinn des Schilds ihm klar.

Alfred Rossmannek, Essen

Es fand ein Nordfriese aus Amrum
im Rum eine Fliege, die schwamm 'rum.
Er sagte: „Wie dumm!
Was schwimmst du da rum?
Man wärmt sich nicht im, sondern am Rum."

Georg Philipp, Herrsching

Es war eine Jungfrau in Eder
mit Lippen, viel härter als Leder.
Man wird sich beim Küssen
sehr vorsehen müssen,
sprach sinnend in Eder bald jeder.

Werner Mentzel, Rösrath

Es sonnte sich Dietmar aus Märlich
im Garten, begkleidet (wie Adam) nur spärlich.
Brunhilde tobte!
(s' war seine Verlobte)
die Nachbarin aber fand's herrlich.

Erwin Deininger, Waldkirchen

Ein Schiweitspringer aus Sachsen,
der machte beim Sprung zu viel Faxen.
Dreht Salti und Schrauben,
es ist kaum zu glauben,
doch beim Landen brach er sich die Haxen.

Karlheinz Heyer, Winterbach

Es bekam wegen Busen und Taille
eine Frau eine Schönheitsmedaille.
Doch das schaffte ihr leider
weibliche Neider.
Sie nannten sie nur noch: Kanaille.

Margret Cijunelis, Bad Salzuflen

Eine „Höhere Tochter“ aus Giessen
wollte gern „Süsses Leben“ geniessen,
doch in Frankfurt am Main
fiel sie schon herein,
worauf sie die Eltern verstiessen.

Theodor Hagelberg, Hamburg

Eine Rokokodame in Nymphen-
burg tanzte Gavotte in Strümpfen.
Ihr Mann, der Marquis,
goutierte das nie:
Man sah ihn die Nase oft rümpfen.

Dr. Viktor Lieb, München

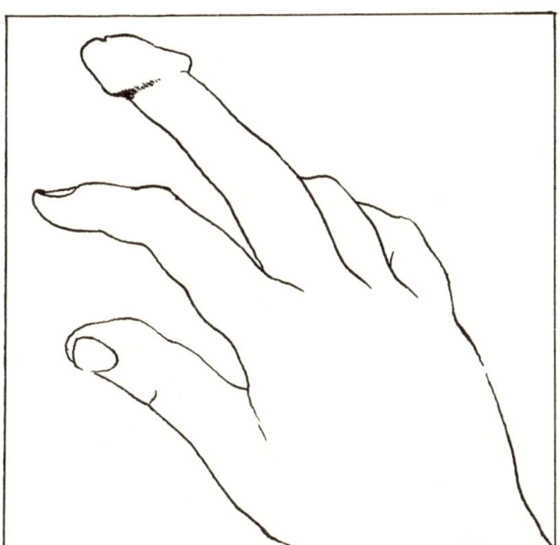

Eine Enddreißigerin aus Trier
starb gestern vor Schrecken schier.
Sie hatte vergessen,
die Pille zu essen.
Na ja - 5 Kinder statt vier ...

Rolf Horr, Heidelberg

In einem Zirkus in Bodenwöhr
trieb man ein Kamel durch ein Nadelöhr.
Etwas später in Bebra
gelang's mit 'nem Zebra.
Doch ich glaub', daß ich's besser nicht beschwör

Norbert Schwirtz, Castrop-Rauxel

Es hat einmal jemand geschrieben,
man solle den Nächsten stets lieben.
Fräulein Inge aus Werl
sagte: „Recht hat der Kerl!"
und hat es entsprechend getrieben.

G. Klein, Werl

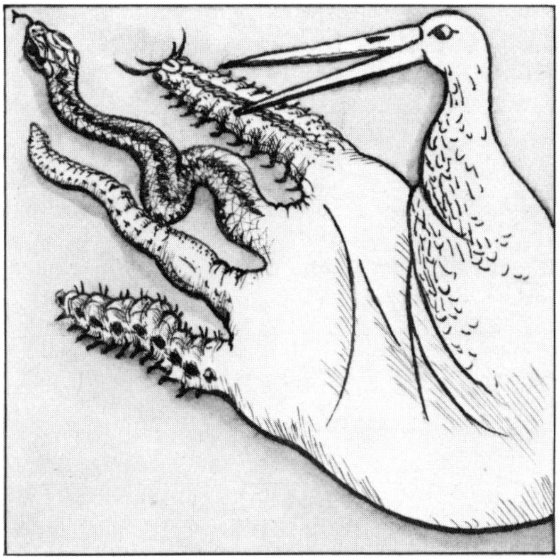

Zwei alte Clochards aus Paris
besaßen drei Flaschen Pastis.
Dann kam noch ein Dritter.
Der soff die drei Liter.
Die anderen fanden das mies.

Elke Ackermann, Söhrewald

Janos, dem Bauern aus Polen
oft wurden die Mastgäns' gestohlen.
Da sprach er ganz listig:
„Die stopf' jetzt voll Mist ich,
soll sie der Teufel doch holen!“

Gunther Ziesemer, Juist

Ein Cowboy, der auf den Bermudas
nur Kräuter und Gras wie 'ne Kuh fraß,
nicht rauchte noch raufte
und nie sich besaufte -
ihn fraß bald ein Schwarm Barracudas.

Jutta van Wijnen-Waldeck, Ottobrunn

Ein Pinguinpärchen aus Holle,
das hatte sich stets in der Wolle.
Um zu enden ihr Leiden,
beschlossen die beiden
die Trennung von Tisch und Eisscholle.

Irmela Splett, Berlin

Ein Architekt aus Süd-Hessen
hat zehnmal den Neubau vermessen,
da es dunkel im Haus.
Nun fand er heraus:
er hatte die Fenster vergessen!

Gerhard R. Renner, Krefeld

Ein Strohwitwer weinte in Emden:
So schmutzig sind all meine Hemden.
Ich geh jetzt zum Ulli,
der leiht mir 'nen Pulli.
Oder soll ich das Hemd noch mal wenden?

Barbara Kretschmann, Elzey

Es war mal ein Mädchen aus Frankfort,
das wohnte schon monatelang dort,
dann zog sie nach Bonn,
das hat sie davon
schnell waren Ihr Ruf und ihr Rang fort.

Anneliese Feuerbach, Frankfurt

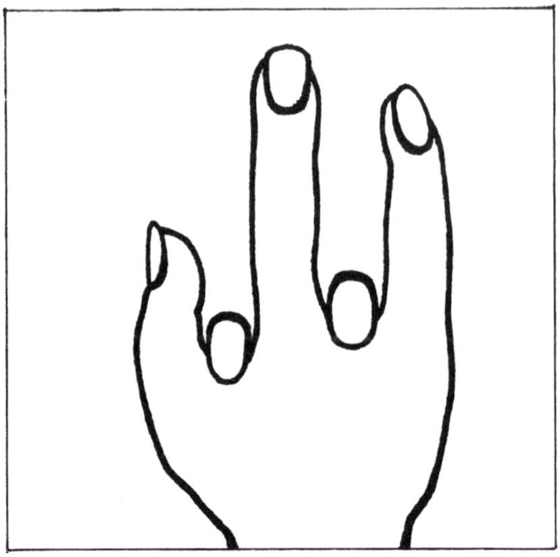

Ein pfiffiger Knabe aus Linden,
der will sich nicht länger mehr schinden.
Er sucht 'nen Mäzen
möglichst reich, möglichst schön.
Er kann ihn nur nirgendwo finden!

Peter Lachmann, Berlin

Ein Pärchen ging tief in die Heide
des Mädchens Kleid war ganz aus Seide
Oh Augenschmaus
er zogs ihr aus,
daß es nicht drunter leide.

Martin Spreng, Allmersbach

In mondhellen Nächten zu Minden
sein Glück sucht ein Waidmann zu finden.
Doch Herz, Lunge, Leber
hat er von 'nem Eber -
Das konnt' keine Dame verwinden.

Timothy Mc Neal, Alzey

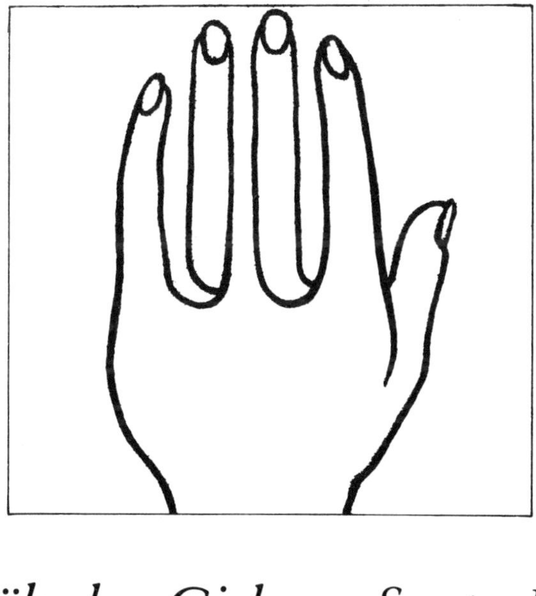

Ein hübsches Girl aus Santa Fée
ging des Nachts aus im Negligée
alles war irritiert,
denn sie hatt' ignoriert:
Es war Winter und draußen lag Schnee.

B. Meissner, Karlsruhe

Ein Frosch mit einem Holzbein,
der wollte mal ein Prinz sein.
Doch als keine Prinzessin kam,
da kam er beinah um vor Gram
und fiel auf einen Storch rein.

Josef Agternkamp, Mettingen

Es sagt ein Mann aus dem Schwabenland:
Mein ganzes Vermögen ist mein Verstand.
Man Trost ihm spendet:
Armut niemals schändet!
Das war ehrlich, wenn auch nicht galant.

Walter H. G. Bengs, Baden-Baden

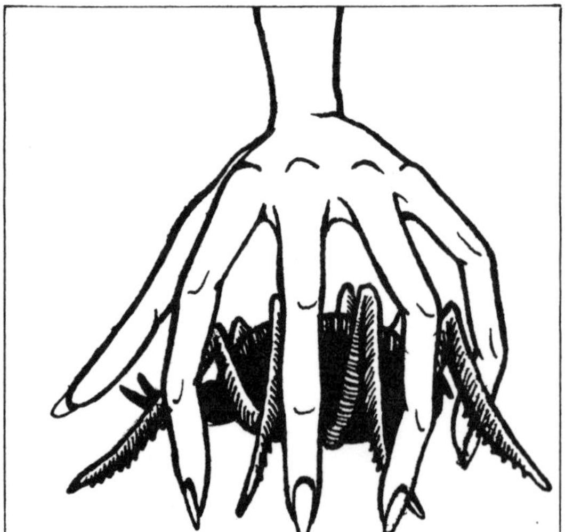

*Es tüftelte an seinem Puzzle
ein Rätselfachmann aus Kuzzle.
Daß zwei Steine gefehlt,
hat ihn furchtbar gequält:
Da stand er mit seinem Schlamuzzle!*

Lothar Schwarz, Niederkassel

*Ein cleverer Penner aus Lincoln
suchte stets nach ruhigen Wincoln.
Fand er jedoch
Dreck in dem Loch,
dann nutzte er es nur zum Pincoln.*

Klaus Hintzen, Aachen

*Ein Genetikforscher aus Guben
erfand die Erbmasse in Tuben.
Bereits bei der Zeugung
fixiert man nun Neigung,
Talent - bei Mädchen und Buben.*

Alfred Wollinger, Bergisch-Gladbach

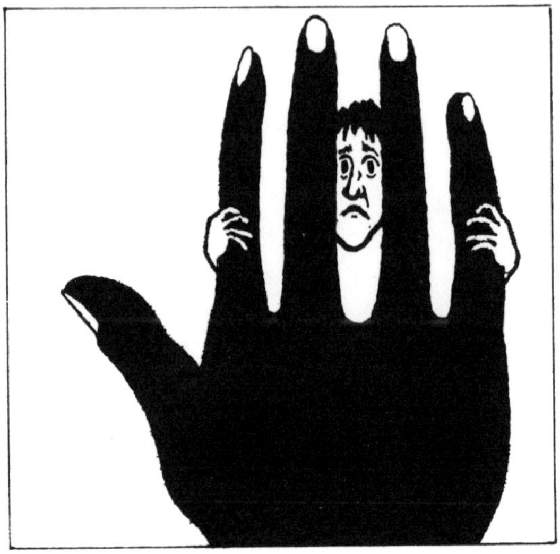

Da gibt es den Schotten MacKenzie,
der liebt eine bayrische Zenzi.
Er raucht zwar bei ihr
und kriegt auch sein Bier,
doch wenn er noch mehr will, dann pennt sie.

H. Niedheidt, Essen

Ein Arzt operiert den Minister
am Blinddarm und fragt sich, wo ist der.
Sein Kollege in weiß
sagt zu ihm leis,
„Nicht immer liegt's Übel sinister."

Margot Ipsen, Darmstadt

Ein Bernhardiner aus München,
der spielte im Wohnzimmer Brünnchen,
ein gewisser Herr Bauer
war daraufhin sauer
er kann jetzt die Bude neu tünchen.

Andreas Mahr, Pöcking

Es schwärmt von der Jagd in Dakota
der „Freiherr“ Felix von Throta.
Die Gäste staunen
und einige raunen:
„Sein Name steht gar nicht im Gotha.“

Waldemar Straube, Goch

Die Josefine aus Meppen
konnte garnichts weiter als Steppen.
Die Reeperbahn zog sie,
nach Hamburg drum flog sie;
jetzt lernt sie zum „Steppen“ auch „Neppen“!

Theodor Hagelberg, Hamburg

Eine rundliche Dame aus Danzig
aß Reste stets auf („sonst wird's ranzig!")
Man schalt sie gefräßig.
Jetzt raucht sie, ißt mäßig
und ist wieder schlank wie mit zwanzig.

A. Gießmann, Alpirsbach

Ein Hühnerauge aus Bad Lind
traf ein anderes aus Gmünd
Klagte voller Schmerz und Weh
„Alle trampeln auf den Zeh,
währt nicht lang und ich bin blind."

Matthias Schlüter, Berlin

Einem netten Jüngling in Gießen
wollte der Bart partout nicht sprießen,
so daß sie ihn noch mit Dreißig
- die Haare schwanden schon fleißig -
nur in „jugendfrei"-Filme ließen.

Harry Eicke, Fröndenberg

Hans-Peter aus Weiden
traf ein sexisches Maiden.
Er verfiel ihr ganz plötzlich,
es war sehr ergötzlich,
doch muß er noch lange dran leiden.

Gunther Ziesemer, Juist

Es meldet ein Mann aus Höxter
seit 8 Wochen seine Frau vermißt er.
Der Polizist fragt entsetzt
warum kommst du erst jetzt?
Ich hab' kein reines Geschirr mehr.

Günther A. Gilles, Düsseldorf

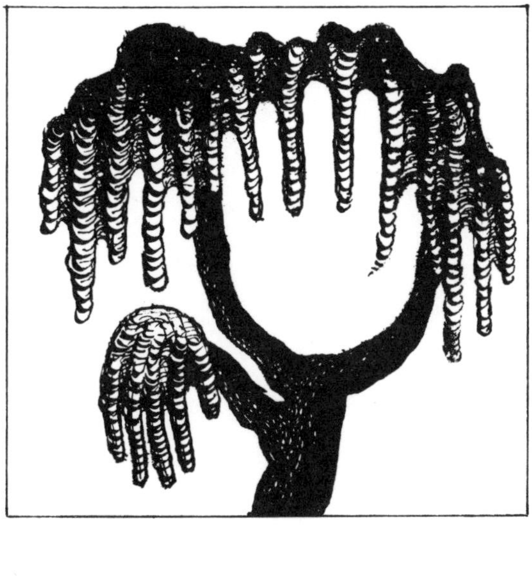

Eine Striptease-Dame aus Hagen,
die hatte es furchtbar am Magen.
Seit man sie operiert
ist sie nun pensioniert:
Ihre Narbe gab Anlaß zu Klagen!

Lothar Schwarz, Niederkassel

Ein Mädchen weit nördlich von Theben
verstand sich gar prächtig auf's Weben.
Doch dann mit den Jahren
da mußt' sie erfahren
nur weben heißt eben nicht leben!

Helmut Schmidt, Bayreuth

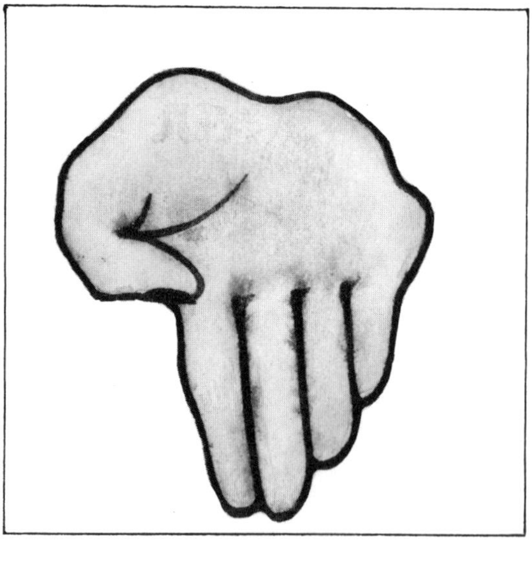

Meine Mutter sagte früh'r
bumse nicht so mit der Tür.
Und in der Tat
ein guter Rat
ich bumms nur noch mit Dir...

Martin Spreng, Allmersbach

Überaus traurig war Großvater in Aurich:
„Keine Eros-Center damals, das bedaure ich.
Was für'n Nachtleben hätt ich haben können,
daß die Stunden nur so verrönnen.
Stattdessen ich immer nur zu 'ner Oma schlich".

Walter H. G. Bengs, Baden-Baden

Es brachte Nofretete
schon Studienräte in Nöte.
Von ihren Zügen
ließen sie sich trügen.
Sie war gar nicht so etepetete.

Rosemarie Fischer, Marl

Ein ostafrikanisches Hängebauchschwein
wusch sich einst mit Eifer den Hängebauch rein
Ein Gnu fragte dumm:
Was schrubbste hier rum?
Da zog es gekränkt seinen Hängebauch ein.

Lisa Helms, Bremen

Ein Mädchen bekam beim Bücken
sehr starke Schmerzen im Rücken.
Ich wollt' es kurieren
mit starkem massieren,
Jetzt geht es leider an Krücken.

Horst Schulten, Essen

Ein Mädchen mit Namen Ilse
suchte im Walde Pilze.
Dort traf sie dann
'nen Jägersmann.
Neun Monate später stillt'se.

Hans Gewiss, Wettingen

Ein heller Typus aus Lünen
sucht Erholung bei Sonne in Dünen.
Krebsrot ist der Mann
nach vier Stunden dann,
so muß er für Unvorsicht sünen.

Klaus Hintzen, Aachen

Mit Hängen und Würgen und Tricks
Basteln gar viele an Limmericks.
Doch mangels Ideen
kann es geschehen,
das ganze Bemühen führt dennoch zu nix.

Fritz Heydenbluth, Neuhütten

Es sollte Herr Louis van Beethoven
seiner Frau einen Fernseher kofen.
Er sprach: „Was soll der hier,
spiel doch so schön Klavier!
Sollen wir denn restlos verdoofen?“

Eginhard Schüler, Malsch

Ein fleissiges Mädchen aus Emden
näht für ein Warenhaus Hemden,
doch selbst trägt sie keines,
nicht einmal ein kleines.
Das muss mich doch äusserst befremden.

Theodor Hagelberg, Hamburg

Es wollte ein Opa aus Hagen
ein letztes Späßchen mal wagen.
Er spendierte 3 Runden
und tanzte 6 Stunden
und verschied dann binnen 4 Tagen.

Lilo Rademacher, Münster

Es steckt eine Dame aus Mühlen
sich Watte ins Ohr drauß' im Kühlen.
Ein Gefährt mit Gebrumm
kam heran, fuhr sie um:
Wer nicht hören will, muß eben fühlen!

Lothar Schwarz, Niederkassel

Der Küster der windige Lümmel,
ging kurz nach dem großen Gebimmel
hinüber in'n Puff
die Kollekte ging druff,
ob dieser wohl kommt in den Himmel?

Achims Reinders, Willy Kranz, Ralf u. Doris Conrad, Rees

Ein Oberlehrer aus Leer,
der leibt seine Ferien sehr.
Er fürchtet sich schon
vor der spät'ren Pension,
denn dann gibt's keine Ferien mehr.

Helmut Reisener, Lüneburg

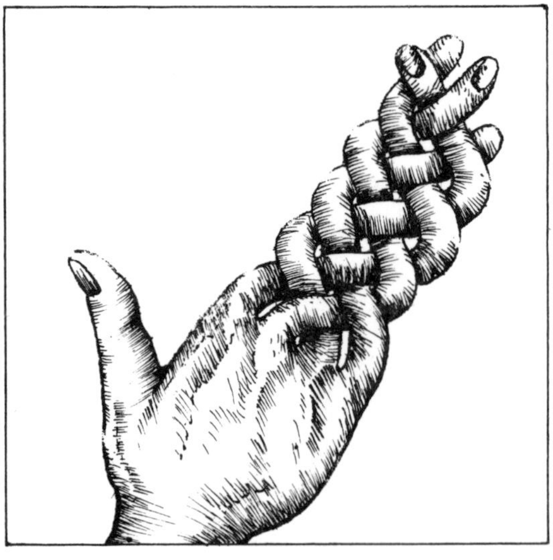

Auf dem Schweizer Flughafen Klothen
gab's Leut', die erzählten sich Zoten.
Da trat auf den Plan
ein Schweizer Kaplan
und sagte, das sei streng verboten.

Margret Cijunelis, Bad Salzuflen

Einem Manne aus Niederbayerns Grafenau
entsprang seine skat-geschädigte Ehefrau.
Zu oft und gar verächtlich,
dies besonders nächtlich,
ließ er einsam sie im monogamen Bettenbau.

Walter H. G. Bengs, Baden-Baden

In 'nem niedersächsischen Dorf
mühte neulich der alte v. Korff
sich umsonst um ein Mädel.
Denn leider - sein edel-
ster Teil war schon ziemlich amorph.

Peter Stefan, Hamburg

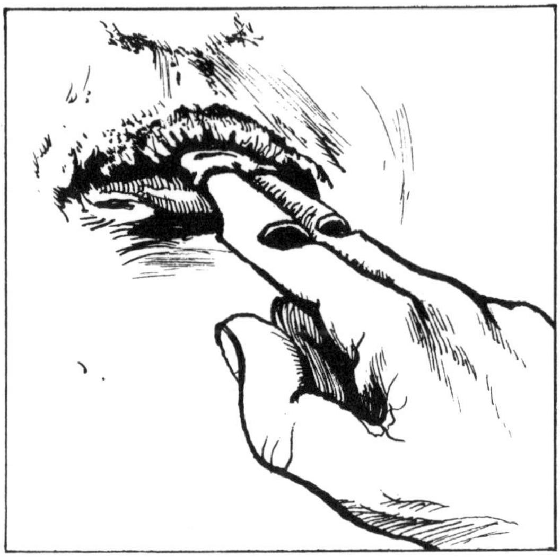

Es spielte der Herr von Goethe
des abends auf der Flöte.
Da sprach Freund Schiller:
Ich weiß nicht, was will er
mit dieser gräßlichen Tröte.

Eginhard Schüler, Malsch

Um einen Limerick zu dichten
traf ich mich mit meinen Nichten.
Hab' eine unter anderem auch geküßt,
hab sie deshalb dann heiraten gemüßt.
Nun muß ich auf's dichten verzichten.

Bernhard Bender, Mannheim

Einst war mal ein Mädchen in Limerick,
die war zwar sehr nett, doch war sie zu dick,
statt Bonbons nachzulaufen
ließ sie sich verkaufen
in 'nen Harem - dort gilt das als schick!

Gerdi Bösel, Dudenhofen

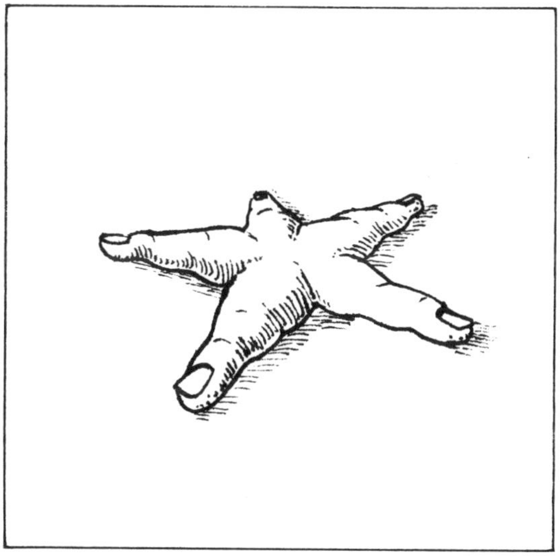

Ein Heuschreck und eine Zikade,
die wollten gern wandern bis Stade
und singen zu zwein.
Doch klang es nicht rein -
der Schreck war im Stimmbruch, wie schade.

Lisa Helms, Bremen

Er ließ sie im Stich, weil ihr Busen
zu klein war für handfestes Schmusen,
aufgrund dieser Schmach
half findig sie nach
mit Schaumstoff aus Leverkusen.

Rupert Mayer, Bergheim

Zwei Penner aus Domatzen
qualmten alle Matratzen,
weil in der Not
sich weiter nichts bot,
doch im Hals tat es fürchterlich kratzen.

Christel Brodde, Berlin

Verkehrserziehungspolizist in Leer
gibt Unterricht in „Sicherheit im Verkehr".
Seine Tochter hat nicht teilgenommen;
so ist's zum „Verkehrsunfall" gekommen.
Dem geht obendrein eine „Fahrerflucht" einher!

Walter H.G. Bengs, Baden-Baden

Ein Vampir aus der Gegend um Aarhaus
macht nächtlichen Wandrern den Garaus.
Er betört ihre Seelen
Perforiert ihre Kehlen -
und rupft ihnen dann das Haar aus.

Peter Heidutzek, Essen

Es ohrfeigt ein Neger in Plot
einen Bäcker in seiner Not,
die Hand wird ganz heiß
aus schwarz wird jetzt weiss
auf des Bäckers Gesicht die wird rot!

Ulrich E. Milatz, Berlin

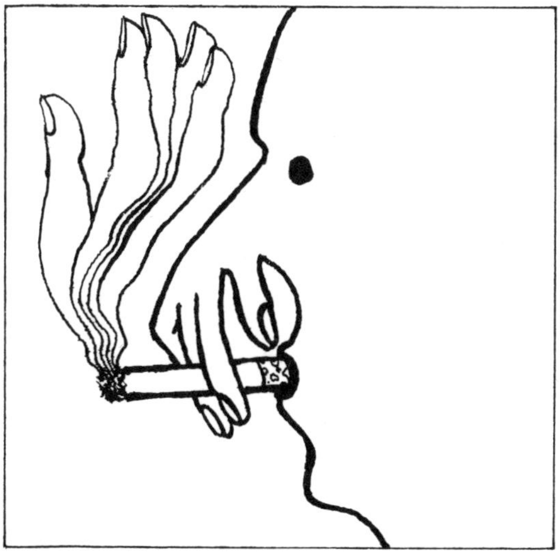

Bei einem Wirte im Saarland
man in der Suppe ein Haar fand
dem Koch war's nicht recht
dem Gast wurd' es schlecht
doch ertrugen es alle mit Anstand.

Dr. Michael Lauinger, Boll

Ein reizendes Städtchen ist Linkeln,
mit uralten Gäßchen und Winkeln,
mit viel schmucken Häuschen,
so klein wie für Mäuschen!
Doch nirgends steht eines zum Pinkeln.

Alfred Schratzer, Wuppertal

Sagt zum Polizisten aus Wiesental
der Betrunkene am Laternenpfahl:
„Die ganze Stadt dreht sich um mich;
bis mein Haus vorbeikommt, warte ich,
dann geh ich rein in „das Lokal"!

Walter H.G. Bengs, Baden Baden

Man sah zwei feurige Hennen
die Straße hinunter rennen.
Man wußte es bald,
denn im Wienerwald
ihre Hähnchen sie taten brennen.

Hildegard Kurz, Lübeck

Dem Raucher, so steht es geschrieben,
fehlt's an Ausdauer beim Lieben.
Ich habe gelesen
solch' grausame Thesen
und halt' sie für sehr übertrieben.

Alf Plock, Hamburg

Es machte im Jahre des Kindes
die Regierung ein Gesetz ganz geschwindes
ab anno zweitausendeins
niemand schlage mehr seins
ich frage dann wieviel noch sind es?

Gerd Garbers, Hamburg

Vorgestern - mitten in München -
tat man einen Anstreicher lynchen.
Hätt' weiß und blau er genommen,
wär's so weit nicht gekommen,
doch er wollt' den Stachus rot tünchen!

Bernhard Haderlein, Dortmund

Ein Brotfabrikant aus Kenia,
dessen Kundschaft wurd immer wenia,
war gut beraten.
Er zog in die Staaten.
Heut beliefert er halb Pennsylvania.

Waldemar Straube, Goch

Eine blonde Dame aus Hannover,
die hatte ordentlich was im Pullover!
Ich schenkte ihr als Liebes-Pfand
ein Päckchen Tabak „Schwarze Hand";
da zog sie mich gleich auf ihr Sofa!

Kurt Meusel, Elmshorn

Die Jobbernsens flogen nach Thraktien
im Glauben an ihre Aktien.
Er las von der Baisse,
schreit: „So eine Schaisse!"
Dann lagen zwei Herzen in Farktien...

G.A. Weininger, Essen

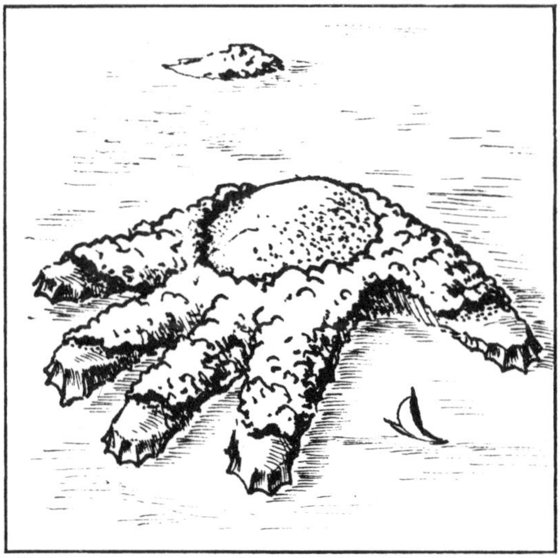

Ein steinalter Mann in Hessen
hat seinen Geburtstag vergessen.
Da nun jeder Tag möglich,
feiert er täglich
mit Singen, Saufen und Essen!

Albrecht Thomforde, Axstedt

Der Kumpel Anton aus Essen
war auf en Schätzken versessen.
Trank Mut sich mit Bier,
zwei, drei Glas auch vier;
da hatter dat Schätzken vergessen.

Karlheinz Nennstiehl, Essen

Ein Nilpferd aus Kalkutta
rief laut nach seiner Mutta,
die hörte ihr Kind
und kam auch geschwind,
da war wieder alles in Butta.

Andreas Mahr, Pöcking

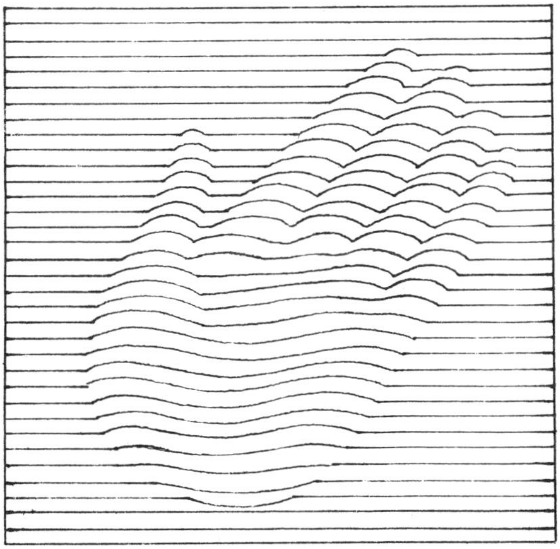

Der grüne Gesandte vom Mars
beschloß: „Nein, ich sag's nicht, ich schnarr's.
Und zwar auf Lateinisch,
dann klingt's nicht so schweinisch,
das klassische „Lex mihi ars."

Ludwig Hanemann-Punx, Bremen

Es brauchte ein Hund in der Sahara
einen Baum, der aber nicht da war.
Groß wurde die Not,
doch da bot
sich als Baumersatz ein Araba.

Helga Niederjohann, Münster

Es lebte eine Dame einst in Berlin,
die färbte sich die Haare oft grün.
Ein Schaf hielt's für Rasen
und ging gleich dort grasen;
Jetzt muß sie 'ne Perücke aufzieh'n.

Jürgen Meister, Düsseldorf

Es war mal ein Bauer in Heide,
der kam in 'ne ganz tolle Pleite.
Erst starb ihm 'ne Sau,
dann lief weg ihm die Frau.
Das machte ihm gar keine Freide.

Anne Lutz, Hamburg

Es erfand ein Erfinder in Chur
die Affekt-Detektier-Armbanduhr.
Bei Trauer erscholl
ihr Ticken in Moll,
bei Freude hingegen in Dur.

Peter Eickhoff, Würzburg

Beim Gruppenausflug nach Freudenstadt
stürzte der Opa mit seinem Rad,
und zwischen den Speichen
begann er zu keuchen
„steigt auch ab! Kinder, ist es hier glatt!“

Harry Eicke, Fröndenberg

Zwei Männer standen am Ozean;
zur Überfahrt bot sich ein Lotse an,
doch der eine sprach: „No!“
und begründet das so:
„Ich seh mir nicht gern das Gekotze an!“

Ulrich Ritgen, Warburg

Es war ein Mädchen in Itze
über das machten Männer gern Witze.
Sie war furchtbar dumm,
doch keiner nahms krumm,
denn im Bett war sie einsame Spitze.

Ernst Langenstrass, Nürnberg

Das Annamirl aus Obermenzing
geht immer am Sonntag zum Dancing.
Sie fand nie 'nen Jüngling,
der mit ihr nach Haus ging.
Seitdem fährt sie immer im Benz hin.

Jutta van Wijnen-Waldeck, Ottobrunn

Ein Kaufhaus-Direktor aus Osten
übernahm mal zwecks Senkung der Kosten
höchst qualifiziert
und sehr talentiert
im Kaufhaus den Weihnachtsmann-Posten.

Annelie Jöckel, Wiesbaden

Ein Hypochonder aus Aalen
vergaß, den Arzt zu bezaalen.
Der schrieb ihm voll Zorn:
„Hab'n den Verstand Sie verlorn?"
Nun verspürt er auch seelische Quaalen.

Josef Gummersbach, Olpe

Es lebt eine Jungfrau auf Wight,
die hat unendlich viel Zeit,
sie liebt Zigaretten
und quer durch die Betten
und findet das auch noch allright.

Marita Senneka, Steinheim

Mein Onkel Karfunkel
hat ein Furunkel
groß wie ne Blase
genau auf der Nase.
Jetzt geht er aus, nur im Dunkel.

Martin Spreng, Allmersbach

Ich hatt' eine Tante in Ludenscheid,
die litt recht stark an Kurzsichtigkeit -
drauf fuhr sie zur Kur,
trank Wiskey dort pur -
jetzt sieht sie doppelt, aber trotzdem nicht weit

Jürgen Meister, Düsseldorf

Es fand ein Mann aus Hannover
den Freund seiner Frau unter'm Sofa.
Er grüßte ihn bieder,
vergaß ihn dann wieder -
ihr seht, das war ein ganz Doofer!

Petra Lindenberg, Hildesheim

A newly-wed couple in Syracuse
Who wanted to travel to Toulouse
Drove crazy the seller
Of tickets, that feller
Could not understand „Two to Toulouse".

Timothy Mc Neal, Alzey

Ein Fluggast aus Frankfurt war going
nach USA mit einer Boeing.
Da bemerkt' er an Bord:
die Schwarze Hand war fort.
Da wollt' er den Captain bedrohing.

Inge E. Credé, Frankfurt

Es lebt ein Beamter in Aurich,
der ist seit sechs Wochen ganz traurig.
Das ist leicht zu verstehn,
jedem würd' es so gehn:
Denn am Abend besucht seine Frau mich.

Rainer Dorner, Frankfurt

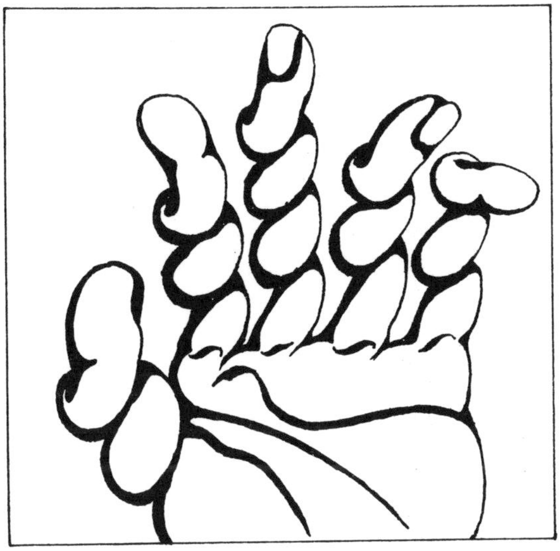

Da saß eine Dame in Stade
bei offener Türe im Bade;
Von ihrer Figur
sah leider man nur
die Hinterfassade - wie schade!

Christa Dahm, Bergisch Gladbach

Ein linker Student aus St. Patrick
ißt zum Bier schon den vierten Tag Rattick,
und dabei denkt er:
Viel lieber mir wär
statt Dialaktick ein klein's Tischlein dack dick.

Angelika Rindler, Klagenfurt

Es sagte 'ne Lappin in Lappland
zum Lappen, daß sie ihn sehr schlapp fand.
Doch der war nicht dämlich,
(betrog sie nämlich),
so daß er sich damit schnell abfand.

Jürgen Eschner, Reinbek

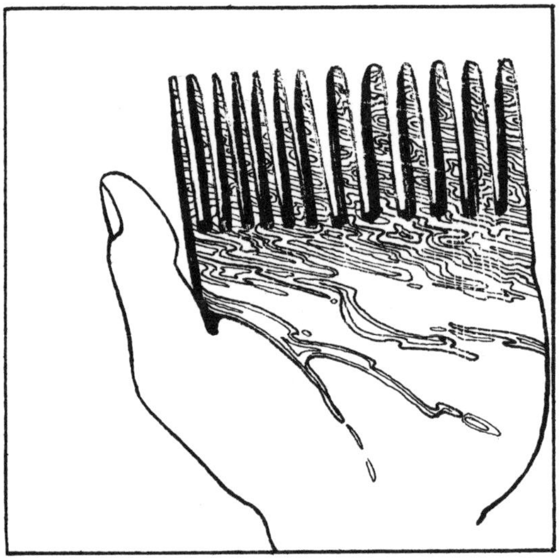

Die Braut eines Tauchers aus Assen
konnt's mittags um 5 noch nicht fassen,
daß er seit morgens um 8
auf 60 Metern rummacht.
Da denkt sie „Der hat mich verlassen."

Charles Franck, Gau-Bischofsheim

In Nordostalaska ein Trapper
entkam nur mit Not, mit ganz knapper,
dem Bären, dem grauen -
sucht Trost bei den Frauen:
Doch das macht den Kerl noch viel schlapper.

Timothy Mc Neal, Alzey

In 'ner Londoner Band spielt ein Punker
der grölte, und außerdem stunk er.
Doch oje, auf Tournee
bei 'nem Auftritt auf See
auf dem Tunker laut singend versunk er.

Karla Kassimir, Würzburg

Ein Sachse, der meinte: „Die Diecher
sinn ganz gefährliche Viecher.
Die fress'n eim doch - flobb
nich nur die Haare vom Gobb".
Der Mann - scheint's- hat den richtigen Riecher.

Ingard Nestler, Meerbusch

Jüngst setzt' sich der alte von Britten
auf seine Zähne, die dritten.
Er schrie wie am Spieß:
„Mein Gott nun noch dies -
Jetzt hab' ich doch selbst mich gebitten!"

Timothy Mc Neal, Alzey

Ein Laubsägenbastler aus Zwolle,
der baut seiner Frau eine Jolle.
Sie segelten hinaus auf's Meer,
die Brandung war schwer,
vor Borkum versank dann die Olle.

Wolfgang Kahlmann, Bielefeld

Es sagte das Fräulein Li-Pin-Sen:
„Ich glaube, ich ziehe nach Winsen;
dolt gibt's kein Getue,
ich hab' meine Luhe
und Glund, asiatisch zu glinsen."

O. Burkhardt, Berlin

Es wollte ein Mägdlein aus Mayen
'nen schmucken Ostpreußen freien
als Mitgift zeigt der
drei Freundinnen her
das konnt' sie ihm niemals verzeihen.

Günther A. Gilles, Düsseldorf

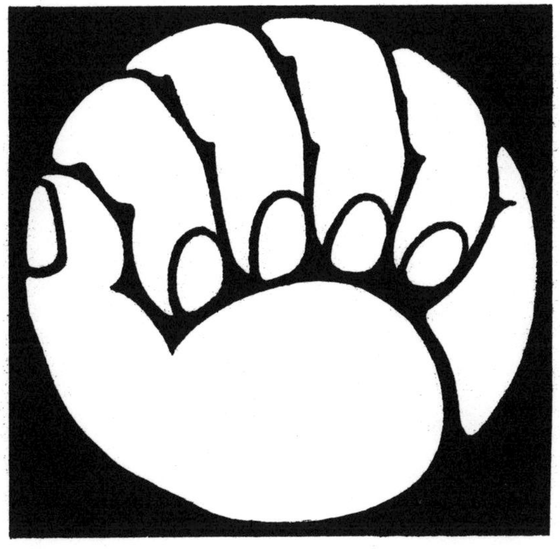

Meine gesammelten Werke:

Meine gesammelten Werke:

Meine gesammelten Werke:

Meine gesammelten Werke:

Meine gesammelten Werke:

Meine gesammelten Werke:

Meine gesammelten Werke:

Meine gesammelten Werke:

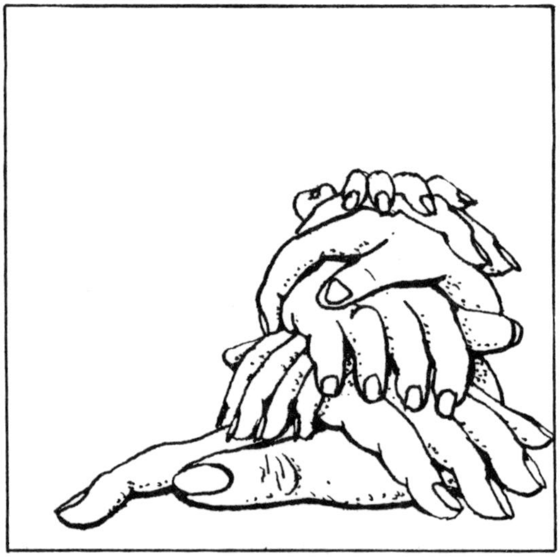